톨스토이와 함께 하는 사계절

Lev Nikolaevich Tolstoi

겨울

톨스토이와 함께 하는 사계절 : 겨울 / 레프 리콜라예비치
톨스토이 지음 ; 신윤표 옮김. -- 서울 : 산수야, 2004
288p. ; 22.5cm

원저자명: Tolstoi, Lev Nikolaevich
ISBN 89-8097-052-8 04890 : ₩8,500
ISBN 89-8097-065-X (전4권)

199.8-KDC4
179.7-DDC21 CIP2004000046

톨스토이와 함께 하는 사계절

레프 니콜라예비치 톨스토이 지음 | 신윤표 옮김

겨울

산수야

톨스토이와 함께 하는 사계절 – 겨울

레프 니콜라예비치 톨스토이 지음 | 신윤표 옮김

초판 1쇄 인쇄 2004년 1월 20일
초판 1쇄 발행 2004년 1월 25일

발 행 처 · 도서출판 산수야
펴 낸 이 · 권윤삼

기 획 · 정영미
디 자 인 · 김경순
마 케 팅 · 김희석

등록번호 · 제1-1515
등록일자 · 1993년 4월 30일

주소 · 서울시 마포구 망원동 472-19호
전화 · 02-332-9655 | 팩스 · 02-335-0674

값 · 8,500원
ISBN : 89-8097-052-8 04890
ISBN : 89-8097-065-X (전4권)

머리말

이 책에 실은 사상들은 많은 작품과 사상서(思想書)에서 내가 추려 모은 것이다. 내용 중에 출처를 밝히지 않은 것은 작자미상의 책에서 뽑은 것이거나 내가 쓴 것이다. 그 외의 것에는 작자명을 적어 놓았다.

그러나 내가 이 책에 옮겨 적을 때 어떤 문장에서 뽑은 것인지 정확히 알지 못하는 것들도 있다. 또한 가끔 작자의 사상을 원서(原書)가 아닌 외국어로 번역된 것에서 다시 중역(重譯)한 것도 있다. 그러한 경우에는 원문 그대로의 원형과 완전히 일치하지는 않는다.

그것은 긴 사색의 흐름에서 부분적인 사상만을 골라내기 위해, 그리고 인상의 명확성과 통일성을 위하여 어떤 말이나 명제(命題)를 삭제하거나 또는 다른 말로 바꾸어 놓거나, 나 자신의 말로 대치하기도 했기 때문이다. 본문 중에 출처와 작자의 이름을 정확히 밝히지 못한 것과 완벽한 번역이 이루어지지 못한 점에 대해 독자 여러분은 양해해주기 바란다.

이 책의 중요한 목적은 저술가들의 작품이나 사상을 정확히 번역하려는 데 있는 것이 아니라, 동서고금 여러 사상가들의 위대하고 풍부한 철학을 이용하여 많은 독자에게 보다 좋은 사상과 감정을 일깨워주기 위하여 매일매일의 금언을 제공하는 데 있다.

나는 독자 여러분이 날마다 이 책을 읽음으로써, 내가 이 책을 엮을 때에 경험했고, 또 다시 읽을 때마다 새롭게 경험하고 있는 유익하고 고귀한 감정을 경험해 주었으면 하고 바란다.

1908년 4월
야스나야 폴랴나에서
레프 톨스토이

톨스토이와 함께 하는 사계절을 발행하며

톨스토이는 세계적으로 수많은 독자를 가지고 있으며 도스토예프스키와 더불어 러시아 최고의 작가로 인정받고 있다. 그가 노작으로 탄생시킨 인생지침서인 『인생독본』은 그 분량이 방대해 독자 여러분들이 쉽게 접할 수 있도록 산수야에서 봄 · 여름 · 가을 · 겨울로 나누어 탄생하게 되었다.

인생독본을 완역하는 과정이 힘겨워 걱정이 앞서기도 했으나 인간성 상실, 상호불신, 중심을 잃은 현대인, 이기주의가 팽배한 오늘날에 있어서 어둠 속을 비추는 한줄기 빛처럼 인생의 궁극적인 문제에 해답을 주고, 일상생활의 청량제 역할과 등대 구실을 해준다는 가치를 알기에 끝까지 매진하게 되었다.

대문호 톨스토이의 사상과 도덕성을 총집약한 인생독본은 민중신앙으로서의 그리스도교, 무저항주의, 반국가, 반문명, 반토지시유론, 이웃에 대한 사랑, 선과 악, 죽음과 삶의 의의 등이 특유의 설득력과 함께 알기 쉽게 풀이되고 있다. 특히 동서고금의 성현 · 철인들의 사상과 교훈들은 톨스토이즘에 맞게 정리되고 흡수 · 동화되어 절대적인 진리로 빛을 발하고 있다. 이것이 『인생독본』의 가치이다. 인생독본은 『톨스토이 인생독본 완역판』-산수야출판사발행-에서 만날 수 있다. 어떤 선택을 하더라도 톨스토이의 기본 철학을 이해하고 자기를 되돌아 볼 수만 있다면 산수야출판사는 표현할 수 없는 큰 보람으로 생각할 것이다.

도서출판 산수야

발행인 권윤삼

Contents

12월 December

Contents

1월 January

Contents

2월

February

Lev Nikolaevich Tolstoi

12월

Winter

December

12월 1일 여성

여성은 어머니로서만이 아니라 아내이며 사회의 일원이다. 또한 남성이 신의 아들이라면 여성은 신의 딸이다.

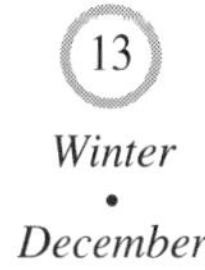

1

만일 여성의 선함에 한계가 없다면 여성의 사악에도 한계가 없다고 할 수 있다. 현명한 아내는 남편에게 더 없는 값진 선물이다. 그러나 악한 아내는 악성 종기와도 같은 것이다.

-탈무드

2

아이를 출산한다는 것은 여성에게는 자기 희생이다. 스스로 자기 희생의 정신을 기르는 여성은 다른 상황에 처해서도 쉽게 덕성을 발휘할 수 있다.

3

차분하고 친절한 말은 여성의 가장 훌륭한 장식물이다.

4

여성은 아름다우면 아름다울수록 정숙해야 한다. 그것은 정숙에 의해서만이 자기의 아름다움으로 인한 해악에 저항할 수 있기 때문이다.

-레싱

5

남편이 아내를 택하는 것이 아니라 아내가 남편을 선택하는 것이다. 앞으로 태어날 아이를 위하여 좋은 아버지를 택하려면 여성은 먼저 선과 악을 구분해 인식하지 않으면 안 된다.

6

도덕성에 있어 지켜야 할 바는 남녀 모두 같다. 절제와 정의와 선을 지켜야 한다는 것이다. 그러나 그것이 여성에게는 독특한 아름다움이 된다.

7

남성을 흉내내려는 여성은 여성의 흉내를 내려고 하는 남성과 마찬가지로 정신적 불구자이다.

남성이나 여성에게 있어서 완성이란 것은 같은 것이다.
그것은 사랑의 완성인 것이다.
만일 남성이 그 두뇌에 있어서 여성보다 우월하다면
여성은 사랑 안에 있는 자기 희생에 의해
남성보다 우월한 것이다.

여성(女性)

남녀를 불문하고 모든 인간의 사명은 남을 위한 봉사에 있다. 일류에 있어서 일반적이며 공통된 사명에 대하여 약간의 덕성이라도 가진 사람이라면 모두 동의할 것이라고 생각한다. 그리고 이 사명을 완수하는 데 있어서 남성과 여성의 차이는 그 방법에 있다고 본다.

남성은 육체적인 노동으로 남에게 봉사한다. 즉 그것으로서 생계의 수단을 삼는다. 다음에는 두뇌적인 활동에 의하여 남에게 봉사한다. 그것은 자연의 법칙을 알고 자연을 극복하는 것이다. 그 다음에는 사회적인 사업을 통하여 사람들에게 봉사한다. 즉 그것에 의하여 인간의 상호 관계를 수립하고 생활의 형식을 만든다. 남성의 봉사 형식은 다양하다. 모든 인류의 과업은 출산과 양육을 제외하고는 모두 남성의 봉사 영역에 속하고 있다. 여성도 남성과 같은 방법으로 그 사명을 어느 정도 달성할 수 있지만 주로 하나의 일 즉 남성의 봉사 영역에 들어갈 수 없는 일에 종사해야 한다.

인류에 대한 봉사는 그 자체를 두 가지로 나누어 생각할 수 있다. 그 하나는 현존하는 인류의 행복을 증대시키는 일이며 다른 하나는 인류 그 자체를 존속시키는 일이다. 그리고 그 첫째 조건에 남성의 능력이 쓰여지고 있으나 두 번째 조건에 대해서는 수행할 능력이 없다. 그 일에는 오직 여성의 봉사만이 필요한 것이다. 이것은 여성에 있어서 특수한 영역이다. 이러한 차이를 이해하지 않고 또 인정하지 않는 것은 불가능하며, 또 그래서는 안될 일이다. 그것은 죄악이며 착오이다. 이 차이로 인하여 남성과 여성의 의무는 분리되는 것이다. 그리고 그 의무는 인간이 임의대로 결정한 것이 아니라 자연의 이치에 의하여 생겨난 것이다. 그리고 이 차이에서부터 남성과 여성의 도덕성과 죄악에 대한 평가가 생겨나는 것이다. 그 평가는 인류에게 이성이 존재하는 한 과거 · 현재 · 미래를 통하여 영원히 존재해야 할 것이다. 남성은 생활의 대부분을 스스로에게 적합한 일을 하며 보내야만 했고, 앞으로도 보내야 할 것이다. 여성도 마찬가지이다. 이렇게 함으로써 인류는 다같이 스스로가 해야할 일을 하고 있음을 깨닫고, 또 다른 사람의 존경과 사랑을 각성시킬 수 있는 것이다. 왜냐하면 남성과 여성이 그렇게 함으로써 각기 주어진 일을 하고 있기 때문이다.

남성의 사명은 다양하며 광범위하다. 여성의 사명은 하나지만 깊다. 그러므로 과거 · 현재 · 미래를 통하여 남성은 여러 가지 의무를 가지고 있으므로 그 중의 몇 가지를 등한히 해도 그 나머지 사명을 이행함으로써 악하지 않은 인간이 될 수 있다. 그러나 여성은 그 사명이 고정되어 있으므로 그 가운데 단 하나만 포기해도 곧 도덕적인 결함 속에 빠지게 되는 것이다. 위에서 말한 것은 언제나 일반적으로 생각할 수 있는 현상이다. 왜냐하면 그것은 본질적인 진실이기 때문이다.

남성은 신의 뜻에 순종하기 위하여 육체적 노동, 사상과 도덕의 영역에서 신에게 봉사해야 한다. 이렇게 함으로써 남성은 지닌 바 사명을 다할 수 있다. 여성에게는 신을 섬기는 수단이 주로 그리고 특별히 (왜냐하면 여성 외에는 이 일을 할 수 있는 사람이 없기 때문이다) 어린아이들의 양육에 있다. 여성은 자식을 통해서만이 신과 남성에게 봉사할 수 있다. 그러한 이유로 해서 자식에 대한 여성의 사랑은 특별한 것이며 유일한 것이다. 어린아이에 대한 사랑은 결코 이기주의가 아니다. 그것은 노동자가 자기 일에 갖는 애착과도 같다. 자기 일의 대상에 대한 사랑을 빼앗길 때 그 일은 불가능할 것이다. 모성에 대해서도 마찬가지이다. 남성은 많은 일로써 인류에 봉사하도록 되어 있다. 그리고 남성은 그 일을 하고 있는 동안에는 그 일을 사랑한다.

여성은 자기의 아이들을 통하여 인류에게 봉사할 운명을 가지고 있다. 그리고 여성이 아이를 낳아서 기르고 있을 동안 아이를 사랑하지 않을 수 없다. 설령 그 봉사의 형식을 달리 한다해도 신과 인류에게 봉사한다는 일반적인 사명에 있어서 남성이나 여성은 마찬가지이다. 그리고 이 평등은 둘 중 어느 하나를 무시하고 다른 것을 생각할 수 없으며 서로가 의존하고 있는 것이다. 그리고 어느 편이나 참된 봉사를 하기 위해서는 남성의 봉사 없이는 여성의 일이, 여성의 봉사 없이는 남성의 일이 인류에게 무익하며 오히려 해로운 것임을 명심해 두어야 한다.

남성의 노력은 남들의 행복을 전제할 때만이 유익한 열매를 맺을 수 있다. 이 말은 여성에 대해도 출산이나 양육은 그저 자기의 만족 때문이 아닌 인류의 번영을 위하여 이루어질 때만이 유익하다. 자녀의 교육이 인류의 행복을 위하여 이루어질 때, 즉 타인을 위한 가장 훌륭한 봉사자가 되도록 교육할 때에 인류에게 유익한 것이다.

그러나 아이 없는 여자, 결혼하지 않는 여자, 또는 미망인은 어떻게 되는가? 그러한 여성은 남성들의 봉사에 참가하면 훌륭한 일을 할 수 있다. 남성의 일에 대한 여성의 도움은 소중한 것이다. 그러나 아이를 가진 여성이 남성을 돕는 광경은 지극히 딱한 일이다. 이러한 여성은 기름진 옥토와 같다. 아니 오히려 더 하다. 왜냐하면 옥토는 오직 곡식을 키우지만 여성은 가장 고귀한 것, 그것에 대한 어떠한 평가도 존재할 수 없는 인간을 낳기 때문이다. 그리고 그것은 여성만이 할 수 있는 일이기 때문이다.

—레프 톨스토이

12월 2일 살생

죽이지 마라. 이것은 경우에 한정된 것이 아니다. 생명을 가진 모든 것에 대해 그러하다. 이 가르침은 성경에 기록되기 이전부터 모든 사람의 마음에 잠재해 있었던 것이다.

1

채식(菜食)에 반대하는 여러 가지 논거가 있다. 육식론자들은 그러한 논거를 명확한 것으로 생각한다. 그러나 그것이 어떤 것일지라도 인간은 양이나 닭이 죽는 것을 보면 가여운 느낌을 받지 않을 수 없다. 이 감정은 양고기나 백숙을 먹는 만족이나 영양가로는 치를 수 없는 것이다.

2

인류의 교화가 발전하고 인류의 수효가 늘어감에 따라 인간은 인육식에서 동물식으로 변해 갔다. 그리고 동물식에서 식물의 열매나 뿌리를 먹고 그 다음 과일을 먹는 가장 바람직한 식사를 하게 되는 것이다.

3

광활한 토지가 사유화되는 일이 과일을 사치스러운 것으로 만들고 있다. 토지가 균등하게 분배되면 될수록 과일은 더욱 많이 수확될 것이다.

육식의 어리석은 해악은 도덕적으로나
물질적으로도 명백해지고 있다.
오늘날 육식은 올바른 판단에 의하여 지지되는 것은 아니다.
다만 옛 전통과 남의 속임수와 습관에 의해 지지될 뿐이다.
그러므로 오늘날에는 육식의 명백한 어리석음을
남에게 설득하기보다 실례로써 그 속임수를 파괴함이 필요하다.

12월 3일 비난

이웃을 비난하는 것은 어리석다. 그것은 자신에게나 남에게 해로운 일이다.

1

사람은 자신을 이겨낼 때만이 이웃을 비난하지 않는다.

2

우리들은 모두 어리석은 존재이다. 특히 남을 비난하는 면에 있어서 그러하므로 서로 용서하라. 평화롭게 살아가는 것은 용서하는 일이다.

-칼라일

3

타인의 잘못을 그 사람 앞에서 직접 이야기하는 것은 이익을 기대할 수 있다. 그러나 몰래 하는 비난은 그 사람에게 악감정만을 유발하게 된다. 그것은 커다란 악이다.

4

속담에 죽은 자를 욕하지 마라. 또는 죽은 자의 일은 아무것도 말하지 말라고 한다. 그러나 나는 그 반대라고 생각한다. 살아있는 사람을 욕해서는 안 된다. 왜냐하면 그것은 그들을 고통스럽게 만들고 서로의 관계를 험악하게 하는 것이기 때문이다. 죽은 자에 대하여 아첨하는 듯한 거짓이 습관화되어 있으나 죽은 자에 대해서야말로 진실을 말하는 데 아무런 지장이 없는 것이다.

–에머슨

말은 사랑의 표현이다.
언어 속에 나타나는 사상은 신의 능력의 표현이다.
그러므로 말은 신의 뜻에 맞는 것이어야 한다.
때때로 말은 가치 없는 것으로 보일 수도 있다.
그러나 악을 표현하는 수단이 되어서는 안 된다.
또 그럴 수도 없다.

12월 4일 신의 교시

신과 이웃을 사랑하는 것이 모든 규범의 전부라고 말한다. 이웃에 대한 사랑은 하나의 기회이다. 이웃은 존재하지 않을 때도 있으나 신은 항상 존재한다. 그러므로 인간은 사막에 있거나 감옥에 있어도 신의 규범을 실현할 수 있는 것이다. 신에 의하여 허용된 모든 것을 사랑할 수 있다.

1

모든 인간에게는 신의 마음이 깃들어 있다. 신은 그대에게 생명을 주셨다. 그러므로 모든 인간의 마음을 사랑할 뿐 아니라 신성한 것으로 존경하라.

2

말(馬)은 빠른 속력으로 적의 위험에서 탈출한다. 말의 불행은 닭처럼 울 수 없는 것이 아니라 말에게 주어진 빠른 속력을 잃는 일이다. 인간에 있어서도 마찬가지다. 인간은 사자나 곰이나 악인을 폭력으로 정복할 수 없을 때 불행한 것이 아니라 인간에게 주어진 것, 즉 선과 이성을 잃어버렸을 때 불행하다. 인간에게 속한 모든 것을 빼앗겨도 슬픈 일이 아니다. 그러나 인간의 참된 재산인 존엄성을 빼앗길 때 슬퍼해야 한다.

—에픽테투스

3

현대인들은 무엇보다 자신에게 속한 신성한 인간성을 존경하지 않으면 안 된다는 것을 잊고 있다. 인간의 숭고한 본성은 높은 지혜의 원천과 교제할 수 있고 또 정신 생활의 무한한 힘과 합류할 수 있는 것이다. 그럼에도 불구하고 인간은 그 원천에서 직접 정신의 영양을 섭취하려고 하지 않고 거지처럼 구걸하며 다투기를 즐겨하고 있는 것이다.

–에머슨

4

우리들 중에서 가장 무가치한 자라고 여겨지는 자라 할지라도 어떤 능력 하나는 타고나는 것이다. 설령 그것이 평범한 것일지라도…… 우리들이 하찮은 특수성의 능력이라도 올바르게만 적용한다면 모든 인간이 공유할 수 있는 능력으로 변할 수 있는 것이다.

–존 러스킨

이웃에 대한 의무 외에도 모든 인간은
신의 자녀로서 자신에 대한 의무가 존재한다.

12월 5일 비평

인류가 오래 존속되면 될수록 차츰 미신에서 벗어나고 생활의 규범은 더욱 뚜렷해지는 것이다.

1

현대는 비평의 시대이다. 모든 것이 비평에 따라야 한다. 그러나 종교와 법률은 항상 비평의 영역에서 벗어나려고 한다. 종교는 신의 힘을 빌림으로써, 법률은 그 위대함의 힘을 빌림으로써이다. 그러나 비평의 영역에서 벗어나려고 할 때 종교와 법률은 당연히 의혹에 부딪치게 되며 그리고 그것은 참된 존경으로써도 이루어지지 않는다. 왜냐하면 이성은 자유롭고 공공연한 검토 외에는 아무것에도 존경을 바치지 않기 때문이다.

–칸트

2

기독교는 인도인들에게 과거에 그들이 가졌던 전통 이상의 좋은 운명을 주었던 것일까? 기독교는 인도인들에게 현재 그들이 소유하고 있고 옛날에도 가지고 있었던 이상의 지력과 정신력을 줄 수 있었을까? 기독교에는 파라문교 이상의 지고한 가치와 전지 전능의 신에 대한 관념이 존재하고 있었는가? 아담과 이브와 더불어 있던 신에 대한 관념은 무한의 세계를 지배하고, 세계의 곳곳에 그 의지를 나타내고 있는데 그것은 보이지 않는 전지 전능하신 신으로서 그 이상의 높은 신에 대한 관념인 것인가? 아니면 그리스도의 신성, 승천, 부활, 속죄에 대한 신앙이란 말인가? 그것은 숭고한 존재를 죽음의 영역 속에 끌어넣는 신성모독이 아닐까? 만일 인도인들이 그리스도의 승천을 믿어야 한다면 왜 크리슈나나 라마의 승천을 믿어서는 안 된다는 것인가? 왜 그리스도의 승천만을 믿어야 하는가?

인류의 참된 기록에 의하면 신은 육체를 갖고 있지 않다. 따라서 탄생도 승천도 있을 수 없는 것이다. 그리스도의 부활이란 전설 이상의 아무것도 아니다. 무덤은 결코 송장을 소생시킬 수 있는 것이 아니다. 진실된 종교 생활은 결코 인간의 머리 속에서 만들어진 종교의 결과일 수는 없다.

–맬러리

3

모든 것을 검토하라. 그리고 이성에게 제일 높은 자리를 주어라.

–피타고라스

답습해 내려온 전통을 이성이 파괴하는 것을 두려워하지 마라.
이성은 그것을 진리로 바꾸어 놓지 않고서는
어떠한 것도 파괴할 수 없다. 이성이란 그런 것이다.

12월 6일 무지와 착오

우리가 착오에 빠지는 것은 그릇된 생각보다 나쁜 생활의 결과이다.

1

무지가 악을 가져오는 것이 아니다. 해를 끼치는 것은 오직 착오 그것뿐이다. 사람들이 지식을 가짐으로써 착오를 범하는 것이 아니라 지식이 있다고 상상함으로 착오를 가져오는 것이다.

–루소

2

오직 진리만이 안전하며 확실하고 참된 위안이 존재한다. 허위로부터 인간을 해방시키는 것은 그 무엇을 벗겨 버리는 것을 의미하는 것이 아니라 주는 것을 뜻한다. 착오는 항상 해독을 수반한다. 그 시기가 이르든 늦든 그 착오를 믿는 사람에게도 해독은 오는 것이다. *–쇼펜하우어*

3

우리들은 이 세계를 자신의 관념에 의해서 본다. 우리들은 이 세계를 있는 그대로 보지 않는다. 자신의 관념이 주는 빛 속에서 보는 것이다. 이 세계에 대하여 혐오를 느낄 때 마치 검은 안경을 쓴 것처럼 온 세계가 어둡게 보이는 것이다. *–맬러리*

4

인간의 사악한 성질 가운데 하나는 자기만을 사랑하며 행복하기를 바라는 것이다. 그러한 사람은 으레 불행하기 마련이다. 그는 위대하기를 바라나 자신의 존재가 미미함을 안다. 완성된 인간이기를 원하나 자신의 결점은 타인으로 하여금 자기를 배신케 하고 자기에 대한 경멸을 초래한다는 것을 안다. 그리하여 자기의 모든 희망이 수포로 돌아감을 보고 가장 무서운 죄를 범하는 것이다. 그는 자신의 뜻과 상치되는 진실을 증오하기 시작하고 마침내 진실을 파괴하려고 한다. 그것도 안되면 진리를 타인 앞에서 왜곡하려고 한다. 그렇게 함으로써 자신의 허물을 타인과 자신에게서 감추려고 한다.

–파스칼

5

새 출발하겠다고 결심하는 것은 어려운 일이다. 새 출발을 염두에 두는 자의 생활은 악에 젖어있게 마련이기 때문이다.

배고픈 자에게 음식을 주며 헐벗은 자에게 옷을,
병든 자에게 치료를 베풀어주는 것은 모두 선한 일이다.
그러나 이러한 모든 일과 비교할 수도 없을 만큼 선한 일은
어느 한 민족을 착오로부터 구해내는 것이다.

12월 7일 변화

만물은 변화하고 둥근 원주를 그리며 움직이고 있다. 인류도 그와 같이 변화하고 있다. 그러나 우리들은 인류가 그리는 원주를 볼 수 없다. 그것은 자신도 그 원주를 형성하는 한 점으로 존재할 뿐이기 때문이다.

1

진실로 진실로 너희에게 이르노니 한 알의 밀이 땅에 떨어져 죽지 아니하면 한 알 그대로 있고 죽으면 많은 열매를 맺느니라. 자기 생명을 구하는 자는 잃어버릴 것이요. 이 세상에서 자기 생명을 버리는 자는 영생하도록 얻으리라.

–성경

2

생명이란 끊임없이 그 외모를 변화시키는 것이다. 사물을 표면 이상으로 깊이 관찰할 수 없는 무지한 자만이 생명이 어떤 형태를 상실했을 때 그것이 소멸되어 버렸다고 생각하는 것이다. 생명은 다른 형태로 나타나기 위해 현재의 형태를 바꾸는 것이다. 번데기가 형태를 바꾸어 나비가 되듯이…… 어린아이는 언제까지나 아기일 수 없는 것이다. 어린아이는 자라 청년이 되고 그와 같은 이유로 동물적인 인간이 정신적인 인간으로 다시 태어나는 것이다.

–맬러리

3

왜 변화를 두려워하는가? 이 세상의 그 무엇도 변화 없이는 이루어지지 않는다. 변화는 대자연의 가장 중요한 본질이다. 식물은 그 형태를 바꾸지 않고는 영양분이 될 수 없다. 이 세상의 모든 생명은 변화 이외의 아무 것도 아닌 것이다. 그대를 기다리고 있는 변화도 자연 그 자체로써 필연의 의의밖에는 아무것도 갖고 있지 않다는 것을 명심하라.

-아우렐리우스

4

우리들은 이미 한 번은 그 어떤 상태에서 부활한 것이 아닐까? 그 상태란 우리가 미래에 대하여 알고 있는 것보다 훨씬 조금밖에 현재에 대해서 알지 못하던 상태를 말한다. 그러나 현재 이전의 상태가 현재와 연결되어 있듯이 현재의 상태도 미래와 연결되어 있다는 것은 부정할 수 없는 사실이다.

-리히텐베르크

5

잣나무 열매는 무엇인가? 그것은 그 잎, 가지, 줄기, 뿌리를 제외한 잣나무가 아니고 무엇인가? 그것은 여러 가지 형태상의 특징을 제외한 본질적인 것으로 그 본원력으로 집중된 잣나무가 아니겠는가. 잣나무 열매는 제외된 모든 것을 다시 돌이킬 수 있는 본연력으로 집중된 잣나무 바로 그것이다. 그것에는 다만 외면적인 것이 제외되었을 뿐이다. 스스로의 영원성으로 돌아가는 것은 죽은 것임에 틀림없지만 멸망해 버리는 것은 아니다. 그것은 스스로의 본연성으로 돌아가는 것을 의미한다.

-아미엘

죽음이란 우리들의 영혼이 결합되어 있던 형식의 변화이다. 형식과 그 형식이 결합되어 있는 것을 혼동해서는 안 된다.

12월 8일 인생의 본질

신의 가르침을 지켜나가는 것이 인생의 본질이다.

1

죽음이나 고통이 불행으로 생각되는 것은 인간이 육체적이며 동물적인 법칙을 인생의 법칙이라고 생각하기 때문이다. 인간이면서도 동물의 단계로 전락하면 죽음과 고통은 괴로운 것이 된다. 그 경우 죽음의 두려움은 사방으로부터 엄습해 온다. 그리고 죽음과 고통에서 탈피할 수는 있는 길은 오직 자신의 이성의 법칙에 순응하고 사랑을 실천하는 생활뿐이다. 죽음과 고통은 인간 자신이 범한 생명의 법칙에 대한 죄악에 불과하다. 참된 법칙을 따라 살아가는 사람에게는 죽음도 고통도 존재하지 않는다.

2

의무적인 의식은 생활의 향락과는 공통된 점이 전혀 없다. 의무 의식에는 자체의 법칙이 있고 자체의 재량이 있다. 설령 우리들이 의무와 향락을 혼동하여 고통을 면하려고 해도 그것은 혼합된 순간 곧 분리되어 버린다. 만일 그렇지 않는다 하더라도 의무 의식은 그때 아무런 작용도 할 수 없게 된다. 만약 육체적인 생활이 의무에 일치되는 것처럼 향락을 지향하여 어떤 힘을 얻는다면 도덕적인 생활은 자취도 없이 사라져 버릴 것이다.

–칸트

3

건강과 기쁨, 애착과 신선한 감각, 기억력과 노동력이 우리들로부터 사라져 버릴 때는 무엇을 할 수 있겠는가? 태양이 열을 잃고 생활이 매력을 잃어버린 듯 생각될 때 우리는 무엇을 할 것인가? 대답은 오직 하나 의무를 다하는 것이다.

언제나 당신의 평화를 가지고 자기 자신의 삶의 자리에서 공손함을 배우라. 마땅히 의무를 다하는 존재가 되라. 그 이외의 일은 신이 책임질 일이다. 그리고 비록 지선의 신이 존재하지 않는다 하더라도 모든 것에 공통된 위대한 존재, 모든 것에 적용된 규범, 개성과 현실의 갈등이 없는 이상이 존재할 것이다. 그리고 의무는 비밀을 밝히는 것이며 인류를 움직여 나가는 보편적인 면인 것이다.

–아미엘

신의 가르침은
우리들의 전통을 보아 알 수 있다.
그리고 정념과 거짓 사상에 물들어 있지 않으면
자신의 인식에 의하여 알게 된다.
또 그 가르침을
생활에 적용하려는 시도에서도 알 수 있다.
그것을 적용하므로 모든 육체적인 불행으로 파괴되지 않는
정신적 행복의 의식이 부여되는 것 같은 규범은
곧 모두 신의 가르침이다.

12사도의 교훈

12사도의 교훈은 1875년 희랍의 대주교 브리에니우스에 의하여 콘스탄티노플의 오랜 기독교 전도 문서 속에서 발견된 것이다.

두 가지 길이 있다. 생명의 길과 사망의 길이다. 이 두 가지 길에는 큰 차이가 있다. 생명의 길이란 다음과 같은 것이다. 첫째로 그대를 창조하신 하나님을 사랑하라. 둘째로 그대의 이웃을 내 몸같이 사랑하라. 그러므로 그대가 하고 싶지 않은 일은 남에게 행하지 않도록 하라는 두 가지의 가르침 속에 있다.

첫째 교훈은 그대를 창조하신 하나님을 사랑하라.

그대의 원수를 사랑하며 너희를 핍박하는 자를 위하여 기도하고 그대를 비난하고 대적하는 자를 위하여 기도하고 너희를 비방하는 자를 용서하라. 왜냐하면 그대를 사랑하는 자를 사랑하면 선이 되지 못하며 부상이 없기 때문이다. 그것은 이방인들도 하는 일이다. 그들은 자기편만을 사랑하고 적은 미워한다. 그러므로 그들에게는 적이 있다. 그대는 그대를 미워하는 자를 사랑해야 한다. 그러면 그대에게는 적이 없을 것이다.

육체적인 세속의 충동을 삼가라. 만일 누구든지 너희 오른편 뺨을 치거든 왼편 뺨도 돌려 대라. 그리하면 그대는 완성을 얻을 것이다. 누가 억지로 5리를 가자고 하면 10리를 같이 가 주어라. 누가 그대의 속옷을 가지고자하면 겉옷까지 주어라. 또 누가 달라고 하면 청을 물리치지 마라. 그리고 그대의 것을 빼앗아 가면 다시 찾으려 하지 마라. 왜냐하면 하나님은 그대의 모든 것이 모든 사람에게 주어진 것이기를 원하기 때문이다. 이 교훈에 따라 주는 자는 행복하다. 그리고 옳은 행위다. 그러나 비록 필요에 의해서라도 남에게서 빼앗는 자는 슬픔을 맛본다. 또 필요치 않는대도 빼앗는 자는 빼앗는 물건에 대한 사유서를 내놓아야 한다. 금전의 그물에 갇힌 자는 자기가 하는 모든 일에 고통을 받을 것이다. 그리고 최후의 날까지 그 고통에서 해방되지 못할 것이다. 이런 말이 있다. 아직 누구에게 줄 것인지 알기 전이라도 자선은 그 손으로 베풀라고.

둘째 교훈은 내 몸을 사랑하듯이 네 이웃을 사랑하라.

자기가 하고 싶지 않은 일은 남에게도 시키지 마라는 것이다. 살인하지 마라. 간음하지 마라. 어린아이들을 모욕하지 마라. 방탕하지 마라. 도둑질하지 마라. 속임과 독을 사용하지 마라. 태아와 유아를 죽이지 마라. 이웃의 물건을 탐내지 마라. 맹세하지 마라. 거짓 증거하지 마라. 말과 생각으로 자신을 더럽히지 마라. 말과 생각에 표리(表裏)를 가지지 마라. 그것은 죽음의 그물이다. 거짓과 허탄한 말을 마라. 탐욕을 부리지 마라. 교활하지 마라. 불성실하지 마라. 우울하지 마라. 교만하지 마라. 이웃에 악을 끼치지 마라. 어떠한 사람도 미워하지 마라. 남을 위하여 기도하라. 그리고 남을 자기의 몸 이상으로 사랑하라.

모든 악과 악에 가까운 모든 것을 피하라. 분노의 노예가 되지 마라. 노여움은 살인도 범한다. 격분, 논쟁, 정념을 피하라. 이런 것은 살인도 저지르는 것이다. 정욕을 피하라. 정욕은 불신을 초래한다. 천박한 말을 쓰지 마라. 불필요한 것은 보지도 마라. 그것은 간음을 범하게 하는 원인이 된다. 예언하지 마라. 그것은 우상숭배의 원인이 되기 때문이다. 마법을 부리거나 흉계를 꾸미거나 주술에 현혹되지 마라. 그것은 우상숭배이기 때문이다.

거짓말을 하지 마라. 거짓말은 도둑질을 하게 한다. 사리사욕과 허영을 멀리 하라. 이것도 도둑질로 이끈다. 불만을 나타내지 마라. 불평불만은 남에게 비방을 끌어내는 것이다. 또 자기 만족에 도취하지 마라. 남을 심판하지 마라. 그것도 남을 비방하는 것이다. 친절하라. 인내심 있고 사랑스럽고 선량하고 공손하라. 그리고 모든 기회에 가르침 받았던 그러한 말씀을 상기하라. 자만하지 마라. 뽐내지 마라. 단 그대의 마음은 높고 강한 것이라고 공상하지 마라. 언제나 바르고 공손한 것에 속하게 하라. 그대에게 일어나는 일을 행복으로 생각하라. 그리고 하나님 없이는 아무것도 존재하지 않는다는 것을 인식하라.

밤낮으로 너희에게 하나님의 말씀을 가르치던 사람을 기억하고 그 사람을 하나님과 같이 존경하라. 하나님은 그대가 알고 있는 그 곳에 존재하고 있기 때문이다. 항상 거룩한 사람을 만나고 그들과 교제하라. 그들의 마음에서 내 마음의 휴식을 찾아내며 사람들과 상반된 입장에 서지 마라. 그리고 원수하고도 화친하라. 적에 대해서는 진실로써 설득하여 그의 잘못을 깨닫게 하라.

두 마음을 품지 말며 그것을 입으로 나타내지 마라. 첫째 일을 할 수 있으면 다음 일도 할 수 있는 것이다. 얻고자 할 때에 경솔하게 손을 내밀지 마라. 주어야 할 때에 손을 거두어들이지 마라. 힘든 일에 종사할 때 속죄한다고 생각하라. 주고자 할 때에는 망설이지 마라. 그리고 주고 난 뒤에는 후회하지 마라. 왜냐하면 그때 그대는 자신의 가장 선한 행위에 대한 가장 좋은 보답이 무엇인가를 알게 되기 때문이다. 궁핍한 자를 보고 피하지 마라. 너희 소유물은 모두 그대의 동포와 공유하도록 하라. 무엇이든 자기의 사유물로 생각지 마라. 왜냐하면 영원한 하나님이 그대들 모두의 공유인 이상 반드시 소멸될 것은 그 이상으로 분명히 공유해야 하기 때문이다.

자녀들을 바른 길로 인도하는 데 게을리 하지 마라. 어릴 때부터 하나님에 대한 존경심을 가르쳐라. 노예나 아랫사람에게 결코 명령하지 마라. 그들도 그대들과 마찬가지로 하나님을 믿고 있는 자이다. 그들도 그대들 위에 있는 하나님을 두려워하고 있는 자이다. 하나님이 만든 동일한 피조물이 명령한다는 것은 죄악이다.

모든 속임수를 미워하라. 하나님의 가르침을 버리지 마라. 모든 가르침은 성실히 지켜라. 그리고 그 밖의 것은 아무것도 더하거나 떼어내지 마라. 신앙심 깊은 사람들을 본받아 자신의 죄를 회개하라. 그리고 자기의 마음 속을 악이 지배할 동안에는 기도를 삼가는 것이 좋다. 이러한 것이 생명의 길이다.

죽음의 길은 다음과 같다.

그것은 무엇보다도 먼저 불행이며 사악한 것이다. 살인, 간음, 정욕, 타락, 약탈, 우상숭배, 마법과 독, 약탈, 기만, 거짓, 이기심, 교활, 오만, 자존, 탐욕, 천박한 언행, 질투, 음탕, 허영, 아는 체 하는 것, 선한 사람에 대한 압박, 진리에 대한 증오, 거짓을 즐겨하는 것, 정의에 대한 배반, 선을 멀리하는 것, 옳은 판단을 인정치 않는 것, 선보다 악을 좋아하는 것, 친절과 인내를 모르는 것, 무가치한 것에 흥미를 갖고, 세속적인 보수를 요구하고, 가난한 자를 동정하지 않고,

자기를 창조하신 이를 모르며, 살인하고, 아이들을 유혹하고, 성상(聖像)을 파괴하고, 궁핍한 자들을 외면하고, 심한 노동에 시달리는 사람을 괴롭히고, 부자에게 아첨하고, 가난한 자에게 부당한 판결을 내리는 것, 이러한 죄를 범한 사람은 그들의 주위 어느 곳에나 존재하고 있다.

그대들은 이러한 자들을 경계하라. 위에서 말한 가르침의 길에서 그대를 벗어나지 않도록 인도해 주는 자들을 구하라.

사명

인간의 사명은 인류에 대한 봉사이다. 일부의 사람에게만 봉사하고 다른 사람에게 악을 행하는 그런 것은 결코 아니다.

1

만일 인간의 참된 천성을 상실한다면 오직 편리한 것만이 그 인간의 성품이 되고 만다. 그와 같이 인간이 참된 행복을 잃어버리면 오직 편리한 것만이 그 행복이 되고 마는 것이다.

–파스칼

2

생명의 의의를 알고자 하는 사람들의 태도가 맹목적이고 부자연스러운 것이라면 신을 믿으면서도 악한 생활을 하는 자들의 맹목적인 태도는 더욱 무서운 것이다. 대부분의 사람들은 이 두 가지 중의 어느 하나에 속하고 있다.

–파스칼

3

이기주의는 사람들로 하여금 많은 악을 저지르게 한다.

국가에 대한 사랑은 가정에 대한 사랑처럼
인간의 자연스러운 성질이다.
그러나 그것이 한계를 넘어설 때에는 죄악이 될 수 있다.
그와 같은 사랑은 결코 도덕적일 수 없다.

12월 10일 유혹

보편적이면서 사람을 가장 큰 불행으로 이끄는 유혹은 '남들도 그렇게 하니까'라는 말에서 나타나는 유혹이다.

1

실족케 하는 일들이 있으므로 인하여 세상에 화가 있다. 실족케 하는 일이 없을 수는 없으나 실족케 하는 그 사람에게는 화가 있다. 만일 네 손이나 발이 너를 실족케 하거든 그것을 끊어 버려라. 불구로 영생에 들어가는 것이 두 손과 두 발을 가지고 영원한 불에 던지우는 것보다 나으리라. 만일 네 눈이 너를 범죄케하거든 빼어내 버리라. 한 눈으로 영생에 들어가는 것이 두 눈을 가지고 지옥 불에 던지우는 것보다 나으리라. *-성경*

2

죄의 첫 단계에서 멈출 수 없는 인간은 최후의 단계까지 가고

야마는 법이다 *—박스터*

3

새 포도주를 낡은 가죽 부대에 넣지 아니하나니 그렇게 하면 부대가 터져 포도주도 쏟아지고 부대도 버리게 됨이라. 새 포도주는 새 부대에 넣어야 둘이 다 보존되느니라. *—성경*

4

어떤 노인에게 여러 가지 악의 유혹이 있었다. 그는 신이 왜 이 세상에 악의 존재를 허용하셨는가에 대하여 몹시 고민하고 있었다. 그는 꿈을 꾸었다. 그는 하늘에서 아름다운 꽃다발을 안고 천사가 내려오는 것을 보았다. 천사는 꽃다발을 머리에 쓸 자격이 있는 사람을 찾고 있었다. 노인은 흥분했다. 그래서 노인은 천사에게 물었다.

"어떤 사람이 그 아름다운 꽃다발을 쓸 가치 있는 사람입니까? 나는 그만한 대가를 받을 수 있는 모든 일을 했습니다."

천사가 말했다.

"저기를 보아라."

북쪽을 가리켰다. 노인은 시꺼먼 뭉게구름을 보았다. 구름은 하늘을 거의 뒤덮고 지상으로 내려오고 있었다. 그리고 구름이 땅에서 둘로 갈라지자 노인쪽으로 몰려오는 흑인의 큰 군중을 보았다. 그들 뒤에는 크고 무섭게 보이는 흑인 한 명이 서 있었다. 그는 커다란 발로 땅을 짓밟으며 털투성이 얼굴에 무서운 눈과 새빨간 입술을 가지고 하늘에 닿을 만큼 우뚝 서 있었다.

"저 흑인과 싸우라. 네가 만일 그를 이긴다면 이 꽃다발을 머리 위에 씌워 주겠다."

노인은 두려움에 떨면서 대답했다.

"나는 무엇과도 싸울 수 있습니다. 그러나 발로 땅을 밟고 머리 위에 하늘을 이고 있는 저 거인을 인간의 힘으로는 도저히 대항할 수 없습니다. 저는 싸울 수 없습니다."

"참 어리석은 자로구나. 너는 큰 흑인 하나가 무서워 많은 작은 흑인 무리와 싸우기를 원치 않는다. 저 작은 흑인은 모든 인간의 정욕이다. 그들과는 싸울 수 있을 것이다. 저 큰 흑인은 이 세상의 모든 악을 뭉쳐놓은 것이다. 너는 저 거인 때문에 신을 원망하고 있으나 저것과 싸울 필요가 없으며 두려워할 필요도 없다. 저것은 빈껍데기에 불과하다. 너 자신의 정욕과 싸우라. 모든 악은 이 세상에서 자취를 감출 것이다." *–전설*

5

거짓된 부끄러움은 악마가 즐겨 사용하는 무기이다. 거짓 자랑이 커지면 거짓의 부끄러움도 커진다. 거짓된 자랑은 악을 낳을 뿐이지만 거짓된 부끄러움은 선을 마비시키는 것이다.

–존 러스킨

이 세상에는 악이 존재하지 않는다.
악은 다만 우리 마음 속에 있다.
그러므로 그것은 없애버릴 수 없는 것이다.

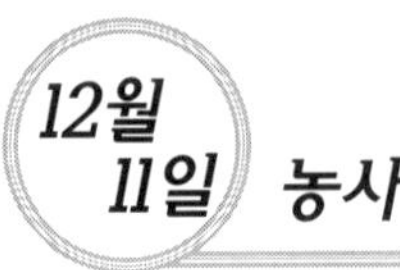

농사

모든 노동 중에서 기쁨과 보람이 가장 큰 것은 농사이다.

1

결국은 모든 민중이 진리를 이해할 때가 올 것이다. 그것은 인류의 현명한 지도자들에게는 이미 알려져 있었으나 이제는 모든 민중이 이해할 때가 된 것이다. 인류의 첫째 도덕은 자기의 불완전성을 인식하는 일이며 최고자의 존재 규범에 따르는 것이다.

'그대는 흙이다. 그리고 마지막에는 흙으로 되돌아가는 것이다.'

이것은 스스로에 관해 우리가 아는 진리이다. 그 다음 다른 진리는 토지를 경작하는 것이다. 이 노력 속에 그리고 그것이 우리들과 다른 동물과의 사이에 이루어진 관계 속에 우리들의 최고 행복과의 발전에 대한 기본 조건이 내포되어 있는 것이다. 경작이라는 노동을 제외하면 인간에 대한 어떠한 평화도 생각할 수 없다. 그리고 인간의 정신과 예술의 발달도 생각할 수 없다.

–존 러스킨

2

스스로 경작한 곡식을 먹고사는 사람은 어머니의 젖을 먹고 자라는 아이와 같은 것이다.

–탈무드

3

가장 좋은 음식은 자신이나 그대의 자녀들이 만든 음식이다.

–마호멧

4

'얼굴에 땀을 흘려 네 빵을 얻으라.'

이것은 변함 없는 육체적 법칙이다. 여자는 아이를 낳아야 한다. 그리고 남자는 일하여야 한다. 여자는 자기에게 부여된 사명에서 벗어날 수 없다. 만일 자기가 낳은 아이를 자기가 기르지 않더라도 그 아이는 남이 키우리라. 그러나 그녀는 어머니로서의 기쁨을 빼앗긴 것이다. 남자의 근로에 대해서도 마찬가지다. 만일 남자가 일하지 않고 빵을 먹는다면 모든 노동의 기쁨은 사라질 것이다.

–본다로프

5

개미를 본받아 노동을 사랑하라는 충고는 수치가 아닐 수 없다. 그러나 그 충고에 따르지 않는 것은 그 이상의 수치이다.

–탈무드

농사는 인간에게 적합한 일 중 하나일 뿐 아니라
모든 사람에게 가장 적합한 자연스러운 일이다.
그리고 가장 큰 행복과 독립을 가져오는 일이다.

12월 12일 선(善)

선은 모든 것을 극복한다. 그리고 그 선은 무엇에도 정복되지 않는다.

1

모든 것에 저항할 수 있으나 선에는 대항할 수 없다.

-루소

2

악을 비난하기에 앞서 선을 키우도록 노력하라. 그것이 인간이 키워야 할 진정한 덕목이다. 신경질적인 사람은 악을 비난한다. 그러나 그 자체가 벌써 악이며 그것도 최고의 악이다. 왜냐하면 비난하는 것은 오히려 악을 성장시키는 결과를 가져오기 때문이다. 그러나 악을 염두에 두지 않고 모든 관심을 선에 두는 것은 악을 소멸시키는 가장 좋은 방법이다.

-맬러리

3

도덕은 종교로부터 독립할 수 없다. 도덕은 종교의 결과일 뿐 아니라 도덕 자체가 이미 그 관계 속에 내포되어 있기 때문이다.

4

촛불이 태양의 빛에는 그 빛을 잃어버림과 같이 어떠한 아름다움이라도 마음의 선 앞에서는 그 빛을 잃고 만다.

–쇼펜하우어

5

선량하고 진실한 인간의 힘에는 어떠한 망치나 철판이나 노끼도 비교될 수 없다. 어떠한 힘도 선량하고 진실한 인간의 힘에는 대항할 수 없는 것이다.

–소로

6

인간이 있는 곳에는 반드시 선을 행할 수 있는 기회가 있다.

–세네카

비난을 친절로 대하고 비방에도 봉사로써 대하며 한쪽 뺨을 치거든 다른 뺨도 돌려대는 것은 악을 소멸시키는 유일한 방법이다.

12월 13일 신앙

신앙은 행위에서 나타난다. 그리고 사랑에서 완성된다.

1

내 형제들아! 만일 사람이 믿음이 있노라 하고 행함이 없으면 무슨 이익이 있으리요. 그 믿음이 능히 자기를 구원하겠느냐. 만일 형제나 자매가 헐벗고 일용할 양식이 없는데 너희 중에 누구든지 그에게 이르되 평안히 가라. 덥게 하라, 배부르게 하라 하며 그 몸에 쓸 것을 주지 아니하면 무슨 이익이 있으리요. 이와 같이 행함이 없는 믿음은 그 자체가 죽은 것이니라.

–성경

2

실제로 신을 섬기는 방법은 오직 하나밖에 없다. 그것은 자신의 의무를 다하는 일이다. 그리고 이성의 법칙을 따르는 행위이다.

–리히텐베르크

3

진리보다 기독교 자체를 사랑하는 자는 기독교보다 자기 교회 또는 종파를 더 사랑하게 될 것이다. 그러다가 결국은 자기 자신만을 사랑하게 되어 버릴 것이다. *–콜리지*

4

낮에는 밤의 꿈자리가 편안하도록 열심히 일하라. 그리고 젊었을 때에는 노년이 편안하도록 부지런히 일하고 준비하라.

–노자

자기와 남의 말을 믿지 마라. 다만 자기와 남의 행위만을 믿어라.

12월 14일 인간의 마음

인간의 마음은 신과 하나이다.

1

인간은 신이 이미 인간 내부에 존재하고 있기 때문에 신과 결합하고 있는 것이다. 따라서 17세기의 신비주의 시인 앙겔루스가 말한 것처럼 내가 신을 보는 눈과 신이 나를 보는 눈은 동일하다.

–아미엘

2

인간의 마음은 신의 빛이다. *–탈무드*

3

어느 날 강물에 살고 있는 고기들이 모여 회의를 열었다.

"우리들은 물을 떠나서는 살 수 없다고 들었다. 그러나 우리들은 아직 물을 보지 못했다. 그러므로 물이 어떤 것인지 알 수 없다."

그때 영리한 물고기 한 마리가 말했다.

"바다에는 아주 총명하고 학문이 높은 고기가 살고 있어 무엇이든 알고 있다는 이야기를 들었다. 우리 모두 바다로 가서 물도 구경할 겸 이야기해 달라고 청해보자."

강물에 살던 고기들은 떼를 지어 총명한 고기가 살고 있는 곳으로 갔다.

그 고기가 대답했다.

"그대들이 물을 알지 못하는 것은 그대들이 물 속에 살고 있으며 물에 의해서 살아가고 있기 때문이다."

사람들도 이와 같이 신과 더불어 살고 있기 때문에 신을 알지 못하는 것이다.

–수피파

4

그대가 어떤 불만을 느끼고 무엇인가 두려워하는 것은 그대 속에 존재하는 신의 사랑을 불신하기 때문이다. 만일 그대가 신을 믿는다면 어떤 소원도 불만족하게 끝나지 않을 것이다. 왜냐하면 그대 속에 존재하는 신의 소망은 언제나 성취되는 것이기 때문이다. 아무것도 두려워할 필요가 없다. 신에게는 두려운 것이란 아무것도 없다.

5

우리들의 힘을 자연의 힘과 비교한다면 우리들은 운명의 장난감에 지나지 않는다. 그러나 우리들이 스스로를 창조물이라고 생각하고 창조주의 뜻이 자기 속에서 생동하고 있음을 느낄 때 우리들은 평화의 기쁨을 얻고 마음의 안정을 얻게 될 것이다.

—에머슨

어떠한 일이 그대 앞에 닥쳐올지라도
자신과 신의 결합을 인식하고 있다면 결코 불행하지 않을 것이다.

12월 15일 진리

진리는 선 자체가 아니다. 다만 진리는 선한 모든 것의 필요 불가결한 조건이다.

1

거짓은 인위적인 지지(支持)를 필요로 한다. 그러나 진리는 언제나 독자적으로 존재한다.

2

어떠한 행복도 진리를 추구하는 행복에 비하면 가치가 없다. 모든 환희도 진리를 아는 기쁨에 비하면 가치가 없는 것이다. 진리를 아는 행복은 무한하여 모든 행복을 초월한다.

—붓다

3

진실은 모든 존재의 근원이며 종말이다. 진실은 그 자체에 있어서 존재한다. 왜냐하면 그것은 사랑이기 때문이다. 진실은 모든 것을 창조한다. 왜냐하면 그것은 성지(聖智)이며 참된 도덕이며 외부 세계와 내면 세계를 연결하는 토대이기 때문이다. 설령 사람들이 진실에 무관심하더라도 진실 자체는 결코 그 의의를 상실하지 않는 것이다.

—공자

4

거짓은 잠시 동안만 지탱할 뿐이다. 그러나 진리는 모든 과거로부터 미래의 영원에까지 존재한다. 곤란과 의혹, 허위와 간계 그리고 모든 허언(虛言)을 꿰뚫고 존재한다.

부단히 진리를 행하고 진리를 말하고 진리를
사고하기를 배우는 일이 필요하다. 이것을 배우면 곧 사람은 얼마나
진리에서 멀리 떨어져 있는가를 깨닫게 될 것이다.

해리슨의 기본선언

우리들은 그 어떠한 인간의 정부라도 인정하지 않는다. 우리들은 오직 한 사람의 제1인자와 입법자, 심판자와 인류의 통치자를 인정한다.

우리들은 온 세계를 조국으로 생각한다. 그리고 온 인류를 우리들과 국적을 같이 하는 것으로 생각한다. 우리들은 우리들의 출생국도 또 다른 나라도 동일하게 사랑하는 것이다. 우리들과 우리 자국민의 권리는 결코 모든 인류의 이익이나 권리보다 가치가 높은 것은 아니다. 그러므로 우리들은 애국심이 우리들의 민족에게 퍼붓는 비방이나 해독에 대하여 복수하는 일로 변명될 수는 없다고 생각한다.

교회에서 부르짖고 있는 이러한 교훈, 즉 이 지상의 모든 국가는 신의 도움을 얻어 건설된 것이며 그러므로 러시아나 터키나 미합중국에 존재하는 모든 권력은 신의 뜻과 조화되는 것이라고 주장하는 교훈은 신성 모독이다. 그것은 어리석음 그 자체이다. 그 교훈은 우리 모든 존재의 창조주를 정욕적인 악을 범하며 확산하는 것으로 만드는 결과가 된다. 어떠한 국가에 존재하고 있는 권력도 그 적들에 대하여 그리스도의 교훈에 대한 정신과 그리스도가 보여준 모범에 따라서 행동한다고는 아무도 믿을 수 없을 것이다. 그러한 권력이 하는 일은 신과 조화될 수 없는 일이다. 그러한 권력은 신에 의하여 건설된 것일 수 없는 것이다. 그것은 힘에 의해서가 아니라 인간의 영적 갱신에 의하여 개혁되어야 한다.

우리들은 모든 전쟁무기를 공격적이든 방어적이든 비기독교적이며 규범에 위배되는 것이라고 생각할 뿐만 아니라 모든 전쟁 준비 그 자체도 동일하게 생각하는 것이다. 즉 모든 병기창과 전함의 건설은 비기독교적이며 규범에 위배되는 것이라고 생각하는 것이다. 그리고 또 모든 군부와 승리를 기념하여 건립된 기념비, 전장에서 세운 공적을 기념하는 축제, 그러한 모든 것마저도 동일하게 생각하는 것이다. 국가에 의하여 국민에게 요구되는 병역도 비기독교적이며 규범에 위배되는 것이라고 생각하는 것이다.

그 결과 우리들은 자신이 군대에 복무할 수 없다고 생각할뿐더러 징역이나 사형으로 위협 당하고 기타 우리들에게 부과되는 모든 의무도 다할 수 없는 것이라고 생각한다. 그러므로 우리들은 모든 국가 기구로부터 스스로를 제외하고 모든 정치와 현실적인 명예도 의무도 거부하는 것이다. 우리들이 정부기구의 그 어떠한 곳이라 할지라도 그것을 독점하는 것을 부정이라 생각하며 남을 위하여 어떠한 장소라도 택하는 것마저도 부정이라고 생각한다. 우리들은 또 남이 우리에게서 탈취한 것을 다시 찾기 위하여 재판에 호소하는 일도 옳지 않다고 생각한다. 우리들은 속옷을 요구하는 자에게 겉옷도 주어야 한다고 생각하며 결코 폭력적인 수단으로 그것을 다시 빼앗아 올 수는 없다고 생각한다.

우리들은 또 성경의 교훈에 따라 모든 신앙인들과 함께 예외 없이 적에게 복수하는 대신 원수를 용서하기를 기원한다. 그리고 강제로 감옥에 보내고 금품을 요구하며 형벌을 가하는 일은 분명히 용서하는 것이 아니라 복수하는 것이라고 생각한다. 인류의 역사는 육체적인 폭력이 도덕적인 새로운 생활과 일치하지 않는 실례로 가득하다. 인간이 죄를 범하기 쉬운 경향은 오직 사랑에 의해서만이 없앨 수 있고 악은 선에 의해서만이 극복할 수 있고 악으로부터 자신을 지키는 것은 완력이 아니라 선과 인내와 사랑이며 세상에서 서로 권장할 것은 진실이고 파멸되는 것은 칼이라는 것을 명심해야 할 것이다.

그러므로 가장 착실하게 생명, 자유, 재산, 사회의 평화, 개인의 행복을 수호하려면 최고의 신의 뜻을 순응함에 있는 것이다. 즉 무저항주의의 근본 교훈을 마음 속에 지키는 것이다. 모든 기회에서 적용해야 할 것이며 신의 뜻의 현현(顯現)이며 결국 모든 악의 세력을 이겨내는 것이라는 것을 확신하는 데 있다.

우리들은 혁명적인 교훈을 요구하는 것이 아니다. 혁명의 정신은 복수이며 폭력이며 살인이다. 그것은 신을 두려워하지 않고 인간을 멸시하는 행위이다. 우리들은 그리스도의 정신을 성취하기 원한다. 무저항주의를 지향함으로 어떠한 음모도, 공포도, 폭력도 억제하는 것이다. 우리들은 성경이 명하는 바에 위배되지 않는 국가의 모든 지시와 요구에 순종하는 것이다. 우리들의 반대는 우리에게 범죄하지 않도록 선도하는 지시에 순응하고자 함에 있다. 우리들은 자신에게 가해지는 모든 비난과 공격은 반항함 없이 묵묵히 인내하려 한다. 그러나 모든 곳에 존재하며 부단히 발생하는 세계의 악, 정치, 종교, 기타 모든 영역에 존재하는 악을 꾸짖지 않을 수는 없다. 우리들은 가능한 한 모든 수단을 동원하여 이 지상을 그리스도가 교훈한 하나님의 왕국에 포함시키려고 노력하고 있다. 우리들은 성경이 말하는 정신에 위배된 모든 것은 결국 파멸될 것이란 점을 확신하는 것이다. 그러므로 만일 우리들이 칼이 호미로 바뀌고 창이 낫으로 변할 때가 오리라는 예언을 믿는다면 그 때를 미래라고 보지말고 현재에 가능한 최선을 다하여 실현하려고 노력해야 하는 것이다.

우리들의 절규는 책망, 비방 그리고 죽음도 초래할지 모른다. 우리들을 기다리는 것은 이해의 부족이며 잘못 전달된 진실이며 저주일 것이다. 우리들에 대한 거센 폭풍이 일어날 것이다. 오만, 자존, 참담, 통치자와 권력, 그러한 모든 것은 우리들을 파멸하려고 야합할 것이다. 그러나 그러한 불의가 우리에게 공포는 주지 못할 것이다.

왜냐하면 우리들이 신뢰하는 것은 인간이 아닌 전능하신 하나님이기 때문이다. 우리들이 인간의 협력을 거부하는 이상 이 세상에서 이겨나갈 오직 하나의 힘은 신앙 외에 아무것도 없는 것이다. 우리들에게 닥쳐오는 많은 고통의 경험을 두려워하지 않을 것이다. 그리고 그리스도의 고뇌를 나누어 가질 수 있음을 기뻐할 것이다.

이러한 모든 일의 결과로써 우리들은 온 마음을 하나님께 바친다. 그리고 그리스도의 교훈을 위하여 가정, 형제 자매, 부모, 처자들을 버린 자는 그것에 몇 갑절되는 보상을 받으며 영원한 생명을 보장받는다는 사실을 확신하고 있는 것이다.

그리고 우리들에게 주어지는 모든 고통에도 불구하고 이 메시지에 명시된 근원이 이 세상에서 의심할 수 없는 승리를 가져올 것임을 확신 한다. 그리고 인류의 이성과 양심의 소망을 상실함 없이 더욱 더 많은 충성과 하나님의 능력을 믿으면서 우리들은 아래에 서명하는 바이다.

-1838년 미합중국 보스턴에서

12월 16일 사회제도의 개선

오직 인간들에게 사랑이 두터워짐으로서 현재의 사회제도를 개선할 수 있다.

1

이 세상의 생물은 그 삶을 이어가는 데 있어서 서로 멸망시키면서 동시에 서로 사랑하며 서로 돕는 것이다. 생활은 서로 파괴하는 정열로 유지되는 것이 아니라 서로 도와 가는 감정에 의해 지지되어 가는 것이다. 서로 돕는 감정이란 우리들 마음의 표현으로는 사랑이라 부를 수 있다. 역사는 모든 생활의 상부상조라는 유일한 원칙에 의하여 점점 밝혀져 온 과정에 불과하다.

2

사랑이란 위험한 것이다. 가정에 대한 사랑이라는 구실로 악이 저질러지고 있다. 조국에 대한 사랑이라는 명분으로 자행되고 있는 악은 또 얼마나 무서운 것인가. 사랑이 인생의 의미를 준다는 것은 이미 밝혀진 진리이다. 그러나 어떠한 것에 참된 사랑이 존재하느냐에 대하여 많은 성현들이 해답을 제시했으나 그것은 언제나 소극적이었다. 즉 그것은 잘못된 사랑이라고 불리어지는 것, 또는 사랑의 탈을 쓰고 있는 것은 참된 사랑이 아니라는 것을 보여 주는 것이었다.

3

사랑은 서로 이교도와 원수처럼 지내고 있는 고달픈 낡은 세계에 새로운 모습을 보여 주는 것이다. 사랑은 우리들의 마음을 따뜻하고 부드럽게 해준다.

—에머슨

4

상상으로써 성경이나 성찬 등에 대하여 존경해야 한다고 가르칠 수 있으며 또 실제로 가르친다. 그리고 그보다 더 필요한 것은 어린이나 생각이 모자라는 사람들에게 단순한 상상으로서의 교훈이 아니라 현존하는 것을 교육해야 한다. 즉 모든 사람에게 이해되고 또 모든 사람들이 기뻐하는 상호애(相互愛)의 감정을 가르쳐 주어야 한다. 그 때가 올 것이다. 이것이야말로 예수께서 말씀하셨고 또 그것을 기다리기 위하여 모든 고뇌에 견디었던 것이다.

5

사람들의 행위는 선과 악으로 구별하는 데 의심할 수 없는 오직 하나의 표준이 있다. 그것은 사랑을 더하고 사람들을 하나로 결합시키는 행위인 선이다. 정의를 낳고도 사람들을 이간시키는 행위는 악이다.

사랑과 조화와 관용의 시대는 반드시 오고야 말 것이다.
왜냐하면 사람들은 이미 그것을 진실로 알고 있기 때문이다.
증오는 인간의 영혼과 육체에 개성과 사회에 파괴적인 감정이며,
사랑은 개개인의 인간에게도 모든 인류에게도
내면 및 외부적인 행복을 주는 것이다. 그 시대는 오고 있다.
그리고 그 시대가 더욱 가까이 다가오던가 아니면 멀어지게 하는
것은 오직 우리들의 행위 여하에 달려 있다.

결합

우리들이 우리들 자신을 다른 존재에서 떨어져 있는 개별적인 것이라고 생각하는 것은 현재의 생활을 시간과 공간 사이의 조건적인 존재라고 생각하는 데 있다. 우리들이 그러한 생각에서 탈피하면 자신과 남과의 결합을 의식하게 되고 자신의 생활은 기쁨으로 충만할 것이다.

1

몸은 한 지체뿐 아니요 여럿이니 만일 발이 이르되 나는 손이 아니니 몸에 붙지 아니하였다 할지라도 이로 인하여 몸에 붙지 아니한 것이 아니요. 또 귀가 이르되 나는 눈이 아니니 몸에 붙지 아니하였다 할지라도 이로 인하여 몸에 붙지 아니한 것이 아니니 만일 온 몸이 눈이면 듣는 곳은 어디며 온 몸이 듣는 곳이

면 냄새 맡는 곳은 어디뇨. 그러나 이제 하나님이 그 원하시는 대로 지체를 각각 몸에 두셨으니 만일 다 한 지체이면 몸은 어디뇨. 이제 지체는 많으나 몸은 하나니라. 눈이 손더러 내가 너를 쓸데없다 하거나 또한 머리가 발더러 내가 너를 쓸데없다 하거나 하지 못하리라. 이 뿐 아니라 몸의 더 약하게 보이는 지체가 도리어 요긴하다. 만일 한 지체가 고통을 받으면 모든 지체도 함께 고통을 받고 한 지체가 영광을 얻으면 모든 지체도 함께 즐거워한다.

–성경

2

그대가 원한다고 해서 자신의 생활을 인류로부터 분리할 수는 없다. 그대는 인류 속에서 살며 또 인류를 위하여 살며 인류에 의하여 살고 있는 것이다. 그대 영혼은 그 속에서 활동하고 있는 상태에서 해방될 수는 없다. 왜냐하면 우리들은 모두 발이나 손이나 눈과 같이 상호협동을 위하여 창조된 것이기 때문이다. 서로 배반하는 것은 자연에 어긋난 일이다.

–아우렐리우스

3

모든 진실한 자비, 남이 어려움에 처했을 때 모든 이익을 초월한 충심으로 돕는 행위를 그 근본까지 더듬어 보면 신비로운 행위라고 하지 않을 수 없다. 엄격히 따져서 실천적 신비라고 할 수 있다. 그것은 모든 참된 신비의 본질을 형성하고 있기 때문이다. 그리고 타인의 모습에서 자기 자신의 모습을 발견하게 되는 것이다.

-쇼펜하우어

4

줄기에서 떨어져 나온 가지는 그 나무 전체에서 떨어져 나온 것이다. 남과 사이가 멀어진 인간은 전 인류로부터 소외된 것이다. 그러나 가지는 타인에 의해 잘려지나 인간은 증오나 사악한 행위로 인하여 스스로 이웃으로부터 멀어지는 것이다. 그러나 신은 불화 뒤에 다시 인간들이 서로 친교할 수 있는 자유를 주고 있는 것이다.

-아우렐리우스

5

자기가 다른 사람과 일체라는 의식은 우리들 속에 사랑으로 나타난다. 자신의 생활을 넓혀 주는 것이다. 우리들이 남을 사랑하면 할수록 생활은 더욱 넓어지고 충실하며 기쁨으로 변화된다.

해결하기 힘든 문제가 그대를 괴롭힐 때 그대는 스스로 건강한 신체 중의 병든 한쪽 다리라고 생각하며, 건강한 신체의 아픈 일부분이라고 생각하라. 그리고 전신(全身)을 향하여 이 한쪽 다리를 협조하도록 부탁하라. 전신은 신(神)이며 한쪽 다리는 자아(自我)이다.

12월 18일 완성

인류는 끊임없이 완성을 향해 나아간다. 그러나 이 완성은 인간이 스스로 완성을 얻으려고 하는 노력에 의하여 완성되어 가는 것이다. 신의 왕국은 노력에 의하여 건설되는 것이다.

1

우리는 종종 인생을 변화시키고 악을 뿌리째 뽑아 올바른 사회를 건설하려는 노력은 헛된 것이란 의견을 듣는다. 모든 것은 그 자체로써 성취되며 진화는 자연의 결과라는 의견이다. 사람들은 보트를 타고 간다. 그런데 사공은 도중에 딴 배로 건너가 버렸다. 그럼에도 나머지 사람들은 손님인 것만 생각하며 노를 저을 생각도 하지 않는다. 조금 전에 보트가 움직이고 있었으므로 지금도 앞으로도 움직이리라고 생각하는 것과 마찬가지이다.

2

이 세상에 살아 있는 한 허송세월을 해서는 안 된다. 인생은 하나의 목적이다. 인생의 목적이 어디에 있다고 단언할 수는 없다. 그러나 비록 인생의 목적이 어떠한 것일지라도 반드시 존재해야 하는 것이다. 그러므로 시간 낭비는 부도덕이다. 목적 없는 인생은 무의미하다. 인생에 목적이 없다는 것은 무신론자이다. 그뿐 아니라 인생을 모순이라고 하여 기만한데 불과하다.

—마치니

3

인류의 모든 역사는 여러 가지 봉사로써 신에 도달할 수 있는 존재라는 것을 증명하고 있다. 그리고 이 세상에 영원한 질서가 존재하고 있다는 것은 오직 신의 명령을 완수했을 때에만 분명해지며 그렇게 함으로써 우리는 지상에서 신의 의지를 깨닫게 되는 것이다.

-존 러스킨

4

만일 우리들의 모든 것이 현존하는 것 이외에 아무것도 없다고 생각한다면 그것은 이 세계를 언제까지나 구태의연하게 존속시키고 죽음과 같은 생기 없는 것이 되게 하는 일이다. 만일 우리들이 그러한 생각에 따르지 않으려면 우리들은 모든 물체를 변혁하는 힘의 일부가 되어야 한다.

-솔터

아무리 사소한 일이라도 그대는 사회개혁운동에 참여하여야 한다.
왜냐하면 작고 눈에 띄지 않는 많은 노력이 모여서 사회변혁이라는
큰 물결이 이루어지는 것이기 때문이다.
그러므로 비록 주시하는 자가 없고 경쟁자가 없다해도
속이지 말고 그대의 행로를 달려야 한다.

12월 19일 참다운 행복

참다운 행복은 언제나 우리의 손에 달려 있다. 그것은 그림자와 같이 모든 선량한 생활의 뒤를 따르는 것이다.

1

우리들을 보다 선하게 보다 행복하게 할 수 있는 것은 모두 신에 의하여 우리들의 주변에 놓여져 있는 것이다.

—세네카

2

정신의 완성에 인생의 목적을 두고 있는 자는 불만이란 있을 수 없다. 그가 원하는 전부는 오직 그 사람의 힘 안에 존재하고 있기 때문이다.

—파스칼

3

참다운 행복은 선행 그 자체이다.

—스피노자

4

외부의 장애는 인간의 강한 정신에 아무런 해도 끼칠 수 없는 것이다. 외부의 장애는 인간의 정신을 병들게 하거나 약하게 할 수도 없다. 동물들은 장애에 부딪치면 한층 더 사나워진다. 강한 정신을 가지고 모든 일에 대처해 가는 인간에게는 온갖 장애는 오직 도덕적인 미와 힘을 더해 줄뿐이다.

–아우렐리우스

5

모든 것은 신으로부터 부여받은 것이다. 그러므로 모든 것은 행복하다. 불행은 우리들이 근시안이기 때문에 볼 수 없는 행복에 불과하다.

–파스칼

6

행복한 정신 상태에는 두 가지가 있다. 그 하나는 정신의 평화 또는 만족(순결한 양심)이다. 다른 하나는 항상 즐거운 상태에 있는 것이다. 첫째 상태는 인간이 아무런 거리낌없이 그리고 현세의 행복이 모두 부질없는 것임을 분명히 깨닫는 조건 하에서 가능하다. 둘째 상태는 자연의 선물이다.

–칸트

7

가장 바르고 순결한 인생의 기쁨은 심한 정신의 혼란이 없을 때 얻어진다. 그리고 양심의 가책이 없을 때에 생기는 것이다.

–존 러스킨

선한 일을 하면서도 자신이 불행하다고 느끼는 자는
궁극적으로 그 선을 믿지 않는 자이다.

12월 20일 기독교의 의의

교회의 악이 참된 신의 왕국을 실현하는 우리들의 소망을 멀어지게 해버렸다. 그러나 그리스도의 진리는 마른나무로 옮아가는 불처럼 그것을 태우면서 표면에 나타난다. 기독교의 참된 의의는 모든 사람들에게 명백해졌으며 그 미치는 바 힘은 그것을 가리고 있던 기만보다 훨씬 강한 것이다.

1

그리스도가 가르친 참된 종교를 그리스도를 빙자한 사이비 종교로부터 해방시켜야 한다. 그리고 우리들이 영원한 성경의 교훈의 근원을 알게 될 때 그것을 유지해야 한다.

–아미엘

2

나는 새로운 종교를 본다. 그것은 인간에 대한 신뢰 위에 기초를 두고 있는 것이다. 그것은 우리들이 볼 수 없는 우리들 내부의 깊숙한 곳에서 생긴 것이다. 인간은 그 보상을 생각지 않고

선을 사랑할 수 있음을 믿고 신의 본질이 인간 속에 존재하고 있음을 믿는 것이다. *—솔터*

3

어떤 사회도 사회 전체의 목적과 믿음 없이는 존재할 수 없는 것이다. 정치적인 결과는 임시적인 상태에 불과하다. 그 근본은 종교가 세우는 것이다. 신을 무시한 채 사람들을 압박할 수는 있으나 굴복시킬 수는 없다. 신 없이는 대부분 폭군이 될 수 있으나 사람들을 참되게 교육시킬 수는 없다.

4

오직 자기만을 사랑하는 자들이 있다. 그러한 사람들은 곧 미움의 집합체이다. 자신만을 사랑한다는 것은 남을 미워하는 것을 의미하기 때문이다. 오만한 자들이 있다. 평등에 불만스러워 항상 명령하고 지배하기를 바라고 있는 자들이 있다. 탐욕적인 자가 있다. 황금, 명예, 향락을 원하고 결코 만족할 줄 모르는 자들이 있다. 약탈을 즐겨하는 자들이 있다. 약한 자에게 강압과 간교로써 겁탈하고 이웃의 과부나 고아를 혹사하는 자들이 있다. 살인을 일삼고 만사를 폭력에 호소하는 자들이 있다. 공포에 사로잡혀 있는 자들이 있다. 그러한 자들은 악을 두고 떨며 악의 손에 입 맞추고서 고통에서 피하려고 한다. 그러한 모든 자들은 세계를 파괴하는 것이다. 지상의 안녕과 자유를 파괴하는 것이다. 그러나 민중 전체가 그러한 자를 지지하지 않는다면 그러한 압제자들이 무엇을 할 수 있겠는가? *—라므네*

5

신의 나라가 가까워지는 것을 눈으로 확인하려 해서는 안 된다. 또한 그것이 온다는 것을 의심해서도 안 된다. 신의 나라는 끊임없이 다가오고 있는 것이다.

교회적인 기독교는 참된 기독교에 대하여 마치 현장에서 붙잡힌 죄인과 같은 것이다. 교회적인 기독교는 소멸되어야 한다. 그렇지 않으면 더욱 더 새로운 죄악을 거듭 짓게 될 것이다.

12월 21일 자의식의 정점

자의식의 가장 높은 정점에서 인간은 고독하다. 그 고독감에는 고뇌가 따른다. 어리석은 자들은 그 고독감과 고뇌에서 한시라도 빨리 벗어나려고 하여 높은 정점에서 곧 낮은 곳으로 내려와 버린다. 성자는 기도함으로써 그 정점에 머무르는 것이다.

1

신이 우리에게 바라는 것은 생활에서 신의 뜻을 성취하는 일이다. 그러나 생활에서 정욕이 우리들을 그로부터 떼어내려고 한다. 그것을 인식하면 우리들은 신에 대한 자신의 관계를 표현하는 말 즉 기도로 달려간다. 기도는 우리들의 죄를 상기시키고 우리들의 의무를 상기시키며 우리들을 유혹으로부터 구하는 것이다. 우리들이 유혹의 순간에 성공적으로 기도할 마음을 내부에 깨우칠 수만 있다면 좋을 것이다.

2

개성(個性)은 제한(制限)이다. 그러므로 비록 여하한 해석을 하더라도 신은 개성일 수는 없다. 기도는 신을 부르는 일이다. 신은 개성이 아니다. 그러나 나는 구체이다. 그러므로 나는 신이 개성이 아님을 알고 있다해도 개성으로서의 신에 대하여서가 아니면 나의 관계를 표현할 수 없는 것이다.

3

구원조차 받을 수 없는 구렁텅이에 빠지고 얼음 위에서 떨고 바다에서 익사하고 고독 속에 유폐되어 빈사 상태에 빠질지도 모르는 인간이라고 생각될 때가 있다. 또는 단순히 언제 죽을지 모르는 인간, 벙어리나 장님이 될지도 모르는 인간이라고 생각될 때가 있다. 스스로 이와 같은 인간이라고 생각될 때 어찌 기도 없이 살아갈 수 있겠는가?

기도 없이 살아갈 수 있는 경우는 두 가지이다. 정욕이 그 사람을 지배하고 있을 때와 그 사람의 생활 전체가 신의 봉사에 헌신될 때이다. 그러나 정욕과 싸우며 아직도 의무는 다하지 못한 상태에 있는 인간에게는 기도란 생활을 위하여 없어서는 안될 조건이다.

12월 22일 사회제도의 개혁

사회제도의 개혁에 방해가 되는 것은 외형적인 형식을 변화시킴으로 얻어진다고 생각하는 것처럼 그 목적을 위해 방해되는 것은 없다. 그릇된 생각은 사람들의 과업을 그 목적을 향해 진전되어 나가지 못하게 하며 도리어 사회제도의 개혁에 필요한 것으로부터 멀리 떨어지게 하는 것이다.

1

사회제도는 인간의 의식에 의한 것일 뿐 과학에 의거한 것은 아니다. 문화란 바로 도덕의 문제이다. 권리와 의무에 대한 존경, 이웃에 대한 사랑, 즉 도덕 없이는 이 모든 것은 위험하며 멸망하는 것이다. 과학, 예술, 공업, 정치도 도덕 없이는 공중누각과 같을 뿐이다. 대중의 선한 덕성 그 덕성의 충분한 표현만이 모든 문화의 기초가 될 수 있다. 그리고 그 초석이 되는 것은 의무의 관념이다.

-아미엘

2

사상의 참되고 올바른 방향은 인간의 개성을 인정하고 그 속에 숨겨져 있는 힘을 발견하는 일이다. 그와 같은 사상이 인류의 진화에 공헌할 수 있는 것이다. 장님이 장님을 인도하는 비참한 여러 가지 시도가 행해지고 있다. 그러나 그것들 모두가 독단과 권위와 도덕적 공식 속에 떨어지고 만다.

-예이츠

3

기독교와 사회주의 중에서 어느 것을 선택하느냐가 문제가 아니다. 그것은 본질을 달리하기 때문에 비교조차 할 수 없다. 기독교는 이 세계의 영원한 의의에 대하여, 신에게 귀속하는 문제에 대하여, 영혼의 본질적 불멸에 대하여, 인간의 사명에 대하여, 그 사명으로 인하여 발생하는 물질적 결핍을 만족시키기 위한 가장 올바른 방법에 대하여 가르친다. 사회주의는 기독교에 비하여 제2의적인 문제, 즉 노동계급의 물질적 결핍 문제에 대하여 부르짖는 것이다. 기독교와 사회주의에 공통된 문제를 제기할 수는 있다. 즉 기독교도인 나도 사회주의 이론에 흥미를 가지고 따를 수는 있다. 그러나 오늘 기독교도이면서 동시에 사회주의자일 수는 없다. 왜냐하면 내일이면 벌써 사회주의에 흥미를 잃어버릴 것이기 때문이다. *-스트라호프*

4

부정과 잘못을 발견하는 한 어디서든지 그것과의 투쟁은 우리들의 권리일 뿐만 아니라 의무라는 것을 알아야 한다. *-마치니*

5

사회문제는 한계를 알지 못한다. *-위고*

거짓과 불의를 인정하고 복종할 때에는 진리를 이룩할 수 없으며
부정을 감소시킬 수도 없다.

상처 입은 사람들

여관에 도착했을 때 바깥 날씨가 매우 더웠으므로 나는 발코니에 나가 앉아 있었다. 눈앞에는 태양을 받은 긴 도로가 산기슭을 돌아 뱀처럼 가늘고 길다랗게 해안선까지 닿아 있었다.

붉은 실과 방울로 장식한 노새 몇 마리가 술통을 싣고 지나간다. 노새들의 발걸음은 멀리서 보는 탓도 있겠지만 무척 느리게 보였다. 그때 맞은 편에서 한 대의 마차가 달려와 노새의 행렬과 부딪쳤다. 길 위에는 갑자기 혼란이 일어났다. 마부는 채찍을 휘두르면서 큰 소리를 외쳤다. 노새의 행렬은 낭떠러지 가까이에 몸을 바싹 붙였다. 노새 주인은 마차를 향해서 욕설을 퍼부었다. 그러나 하얗게 먼지를 뒤집어 쓴 마차는 쏜살같이 달려서 내가 앉아 있는 발코니 아래서 멈추었다. 마부가 뛰어내려 말을 풀기 시작했다.

국가 수비병의 제모를 쓴 건장한 여관주인이 마차의 문을 열었다. 그리고 마차 안을 향해 절을 했다. 마차 안의 손님은 귀족이나 되는 듯 두 번이나 절을 했다. 그때까지 마부석에 앉아 졸고 있던 하인이 비로소 잠을 깨 하품을 하며 땅 위에 내려섰다.

'마부석에서 저렇게 졸고 하품까지 하는 것을 보니 저 하인은 분명히 러시아 사람일 거야.'

이렇게 생각하면서 그 사나이의 얼굴을 자세히 살폈다. 먼지를 뒤집어써서 뽀얗게 된 노란 수염, 넓적한 코, 턱수염에 이어 얼굴을 반쯤 가리고 있는 구렛나루, 그 밖에 여러 가지 러시아인 특유의 모습이 나로 하여금 그 시종을 펜사지방이나 탐보프지방 아니면 시베리아지방 출생임이 틀림없을 것이라고 생각하게 했다. 아무튼 먼 이국 땅에서 같은 민족을 만난다는 것은 무언지 모르게 가슴을 설레게 하는 것이다.

그러는 동안 마차에서 삼십 전후의 사나이가 내려왔다. 행복하고 유쾌한 듯한 표정을 하고 있었다. 관대해 보이고 매우 부드러운 성격으로써 신경질적인 인상이라고는 아무 곳에서도 찾아볼 수 없었다. 가는 테의 안경을 낀 그 사나이는 주위를 둘러보았다. 그리고 어린아이처럼 순진한 표정으로 아직 마차에서 내리지 않은 동행인에게 말했다.

"참으로 경치 좋은 곳이군요. 이태리입니다. 정말 이태리답군요. 하늘은 푸르고 마치 천국 같지 않습니까? 이것이야말로 이태리다운 것이라고 하겠습니다."

"아비뇽에서부터 자네는 꼭 같은 말을 여섯 번이나 하고 있네."

동행한 사나이는 거칠고 신경질적인 목소리로 말하면서 천천히 마차에서 내렸다. 동행한 사나이는 여위고 키가 컸으며 나이도 훨씬 많아 보였다. 눈에 띄는 산뜻한 초록색 외투에 모자 아래로는 먼지를 뒤집어 쓴 흰머리카락이 보였다. 광채 없는 눈은 짙은 눈썹으로 가려져 있었고, 환자인 듯한 초췌한 안색은 회색이라기보다 누런색을 띤 초록색이었다. 힘없어 보이는 그 사나이는 말없이 동행자가 가리키는 쪽을 바라보았다. 그러나 감탄의 소리도 없고 만족한 빛도 보이지 않았다.

"이것은 모두 감람나무입니다. 온통 감람나무뿐입니다."

젊은 사나이가 말했다.

"감람나무의 초록빛은 단조로워서 싫증이 난단 말이야."

녹색 외투의 나이 들어 보이는 사나이가 대답했다.

"러시아의 흰눈이 훨씬 아름답네."

젊은 사나이는 그렇지 않다는 듯이 머리를 저었다. 그러나 말대꾸는 하지 않고 눈을 위로 돌렸다. 그 사나이의 얼굴을 나는 어디서 본 듯 했다. 그러나 어디서 언제 보았는지 좀처럼 생각이 나지 않았다. 러시아 사람은 외국에 가면 이상하게도 잘 알아볼 수가 없게 된다. 러시아에서는 독일식으로 수염을 짧게 깎던 사나이도 외국에 나오면 러시아식으로 수염을 텁수룩하게 기르기 때문이다. 그러나 나는 오래 생각할 필요가 없었다. 젊은 사나이는 감람나무를 보며 기뻐하던 그 대로의 선량한 표정을 하고 내 곁으로 달려왔다. 그리고 러시아 말로 외쳤다.

"어, 이것 뜻밖입니다. 아주 뜻밖이에요. 죽지 않으면 언젠가 만난다고 했습니다만 여기서 만나다니…… 저를 모르시겠습니까? 옛 친구를 잊다니 이건 좀 심한데요."

"아! 생각납니다, 알겠어요. 모습이 많이 변하셨으니 알아볼 수 없었던 게지요. 수염이 그렇게 자랐으니…… 그러나 무척 탐스러운 수염이군요. 마치 우유로 기른 것 같습니다."

"수염은 자랐지만 이는 아직 안 빠졌습니다."

그는 뱃속에서 울려나오는 듯한 우렁찬 웃음소리를 내면서 대답했다. 바로 그때 늑대라도 탐낼만한 튼튼한 이가 드러났다.

"하지만 당신도 늙으셨군요. 많이 변하셨습니다. 요즘에는 무슨 좋은 일이라도 있습니까? 헤어진지가 벌써 4년이나 되었으니 세월은 유수같이 흐르는군요."

"그렇습니다. 그런데 당신은 무슨 일로 이곳까지 오시게 되었습니까?"

"환자를 책임져야 할 일이 있어서……"

이 사나이는 모스크바 대학의 의사였다. 그리고 해부학의 조수 역할도 하고 있었다. 나도 6년 전 해부학을 전공한 바 있었으므로 그때에 서로 알게 되었다. 선량하고 직무에 성실한 청년이었다. 또한 근면해서 열심히 공부했었다. 그러나 요령 있는 사람으로서 아직 해결되지 않은 곤란한 문제는 전혀 머리를 쓰지 않고 해결된 문제는 무엇이든지 분명히 기억하고 있었다.

"그렇습니까? 그런데 저 환자는 어째 안색이…… 마치 초록빛을 하고 있군요. 왜 그렇습니까?"

"저런 환자는 이곳 이탈리아 같은 곳에서는 좀처럼 찾아보기 힘듭니다. 아주 이상한 사람이죠. 정신은 아무 이상이 없는데 여기가 좀 나쁩니다(그는 손으로 자기 이마를 가리켰다). 그래서 내가 그 치료를 담당하고 있습니다만 이런 곳에서 옛 친구를 만났다고 하면 아마도 깜짝 놀랄 것입니다. 저런 환자에게는 기분 전환이 필요합니다. 우울증이 매우 심해서 때로는 하루 내내 한마디 말도 하지 않습니다. 또 어떤 때는 아주 수다스럽게 떠들어대기도 합니다. 그런 후에는 신경을 곤두세우고 흥분하기 일쑤입니다. 아무튼 정신상태가 이상합니다. 소문에 의하면 여자 문제로 그렇게 되었다고 합니다만 확실히는 모르겠습니다. 성격은 온순하고 선량한 사람인데 이런 외국에까지는 오기 싫다고 고집을 부렸습니다. 그런데 친척들이 겨우 설득시켰습니다. 그들은 모두 저 사람을 어디론가 먼 곳으로 보내려고 했습니다. 그리고 저 사람이 문지기나 하인들에게 무슨 말을 할까해서 경계하고 있습니다. 혹은 경찰에 고발하지나 않을까 걱정하고 있는 것 같습니다. 저 사람은 한사코 조용한 시골에 가 있겠다고 했으나 저 사람의 누님께서 저 사람의 토지에 어떤 관계가 있었는지 그 말을 듣고 매우 놀랐습니다. 농부들에게 공산주의 선전을 하게 되면 아주 난처하다는 등 엉뚱한 말을 하면서 시골에 가는 것을 강경히 만류했습니다. 아마도 금전 문제가 얽혀 있는 것 같더군요. 그래서 결국은 저 사람이 남부 이탈리아로 치료 차 떠나는 것이 좋겠다고 우겨 승낙을 받아냈습니다. 그래서 떠나왔지요. 당신의 이 옛친구가 충실한 전의(典醫) 노릇을 하게 되었지요. 아무튼 도둑하고 중밖에 없다는 곳이니 저는 마르세이유에 오는 도중 권총을 구입했습니다. 4연발이지요."

"그렇군요. 그러나 쉬운 일은 아니겠는데요. 항상 환자와 함께 있는 것은……"

"그렇지도 않아요. 벽을 기어오르거나 흙벽을 마구 먹는 심한 환자는 아니니까요. 저 사람은 그래도 내가 마음에 드는 모양입니다. 그렇다고 해서 입 밖으로 표시한 적은 없습니다만 나는 만족하지요. 아주 만족합니다. 모든 비용은 저 환자 쪽에서 부담하고 1년에 은화로 1천 루블의 용돈을 받게 되니까요. 담배 한 갑도 내 돈으로 살 필요가 없습니다. 저 사람의 배려는 아주 자상합니다. 하여튼 세상에는 뜻하지 않은 일이 많습니다. 어쨌든 나의 특별한 사람을 한번 만나 보십시오. 사실 한 시간만 함께 지내시면 아주 선량하고 매우 평범한 사람이라는 것을 알게 될 것입니다."

"그렇지요, 정신 이상만 아니라면……"

"어쨌든 불행한 인간입니다. 기분전환을 시켜주는 것이 좋습니다. 그것이 제일 좋은 효과가 있으니까요."

"아니, 그럼 나를 약 대용으로 생각하는 겁니까?"

그러나 의사는 벌써 복도를 달아나듯이 뛰어가 버렸다. 나는 그의 그러한 희망이나 남의 의사에는 아랑곳없는 러시아식의 무례가 마음에 들지 않았으나 그 환자는 공산주의 지주라는 점에서 나의 흥미를 끌었다. 그래서 나는 그 자리에서 그를 기다리고 있었다. 이윽고 환자는 망설이며 부끄러운 표정으로 주춤거리며 나타났다. 그리고 지나친 공손으로 인사를 하고 신경질적인 미소를 띄었다. 그의 얼굴 근육은 묘하게 잘 움직였다. 표정은 자꾸 변했다. 우울한 표정에서 웃는 얼굴이 되는가 하면 때로는 무표정한 모습이 되기도 했다. 그의 눈은 언제나 한곳에 고정되어 있지 않았으며 아무것도 보고 있지 않는 것같이 보였다. 그러나 그 속에는 항상 한 가지 일에 전력을 기울이는 습관 같은 것이 있음을 볼 수 있었다. 두뇌 속에서 일어나고 있는 고뇌의 흔적을 볼 수 있었다.

"에우게니 니콜라이치, 소개하겠습니다. 이런 곳에서 옛 신구를 만났습니다. 더구나 개와 고양이를 함께 해부하던 친구입니다."

의사가 말했다.

"대단히 기쁘게 생각합니다. 생각지도 못한 곳에서……"

에우게니 니콜라이치는 미소를 띠고 중얼거리듯 말했다.

"당신은 기억하고 계십니까? 우리들이 개를 해부해 미주신경을 연구하던 때의 일을?"

에우게니 니콜라이치는 얼굴을 찌푸렸다. 그리고 창 밖을 바라보며 기침을 하고 나서 나를 보면서 말했다.

"러시아를 떠난 지가 오래 되었습니까?"

"5년이 되었습니다."

"그렇다면 이곳 생활에는 익숙하겠군요?"

에우게니 니콜라이치는 얼굴을 붉혔다.

"네, 아주 익숙해졌습니다."

“그러나 외국 생활이란 대단히 불편하고 단조롭지 않습니까?”

“그것은 러시아에 있어서도 마찬가지입니다.”

의사는 예사롭게 말했다. 그러자 갑자기 에우게니 니콜라이치는 몹시 웃어대기 시작했다. 그리고 그 웃음을 멈추려고 한참 동안이나 애쓰고서 겨우 들릴 정도의 작은 소리로 말했다.

“자네는 언제나 내 말에 반대를 하는군, 필립 다니로비치! 하하하…… 내가 이 지구를 미완성의 유성이다 아니면 병에 걸린 유성이라고 하니까 이 사람은 그렇지 않다는 것입니다. 마치 그와 같이 조금 전에도 내가 외국 생활은 단조롭다고 하니 자네는 반대로 러시아의 생활이 단조롭다고 하니……”

그는 한층 더 웃어댔다. 그리고 마침내 이마까지 벌겋게 되어 버렸다. 의사는 민첩하게 내게 눈짓을 했다. 이것 보라는 듯이…… 의사의 눈짓과 함께 나는 그 환자가 오히려 가련하게 생각되었다.

“왜 지구가 병든 유성이 아니라고 말할 수 있을까요?”

에우게니 니콜라이치는 진지한 표정으로 내게 물었다. 대답이 없자 연이어 말했다.

“병든 인간도 있지 않습니까?”

“유성은 감각이 없기 때문이지요. 신경이 없기 때문입니다. 신경이 없으면 병도 없는 것입니다.”

의사가 나서서 말했다.

“자네는 인간을 중심에 두고 말하고 있는 거야. 그러나 병에는 신경 따위가 필요 없어. 포도에도 병이 있고 감자에도 병이 있지 않는가? 나는 알고 있어. 얼마지 않아 지구가 파괴되어 버리고 마침내는 궤도에서 이탈하여 어딘지 모르는 곳으로 날아가 버린다는 것을 알고 있네. 아주 재미있는 일이 일어날 거야. 니콜라이 파우로이치나 나나 자네도 모두 사라져 버린단 말이야. 그리고 자네의 권총 따위는 아무런 소용도 없게 되지."

그렇게 말하고 그는 또 웃기 시작했다. 그러나 곧 내 쪽을 향해 매우 긴장된 어조로 말했다.

"이대로 살아갈 수는 없습니다. 무슨 일이든지 이 지구상에서 일어나야만 합니다. 현재의 진화는 완전 실패입니다. 반드시 무슨 일이 일어날 것입니다. 우주 창조부터 달이 지구에서 떨어져 나간 이래로 무엇인가가 잘못되어 가고 있습니다. 정당한 과정을 밟지 않고 있습니다. 처음부터 질병의 징후가 나타났습니다. 지구가 지질학적인 변화를 일으킨 때부터 어떤 열기를 그 속에 감추고 있었던 것입니다. 세월은 그래도 지나갔습니다만 질병은 차차 드러나기 시작했던 것입니다. 평형은 없어지고 유성은 공간에서 공간으로 방황하고 있는 것입니다. 처음에는 생각지도 못한 것이 출현했습니다. 예를 들어 집채만한 도마뱀이 있었습니다. 그리고 잎사귀 하나로 큰 경기장을 덮어버릴 수 있는 커다란 양치류가 무성해 있었습니다. 그러나 그런 것들은 모두 이미 멸종해 버리지 않았습니까? 그렇게 큰 몸집을 가지고 어떻게 지탱해 갈 수 있겠습니까? 그러나 현대는 모든 질적인 면에서 한층 더 나쁜 상태에 있습니다. 두뇌도 신경도 혼란이 극에 달하고 총명과 우둔의 구별도 하지 못하게 되어 있지 않습니까? 머지않아 역사는 인류를 멸망시켜 버릴 것입니다. 그렇습니다. 당신이 설령 무엇이라 하더라도 또 아무리 놀랄지라도 인류는 멸망해 버릴 것입니다."

단숨에 이렇게 털어놓고 에우게니 니콜라이치는 또 침묵하는 것이다. 얼마 후 식사시간이 되었을 때 그는 아주 적게 먹고 술도 조금 밖에 마시지 않았다. 그리고 식사 중에는 "그렇습니다."라든가 "아닙니다."라고 짤막하게 대답할 뿐 아무 말도 하지 않았다. 식사가 끝날 무렵 그는 갑자기 용기를 내어 술을 컵에 가득 따르게 했으나 한 모금 마시더니 얼굴을 찡그리고 잔을 내려놓았다.

"왜 그러십니까?"

의사가 물었다.

"맛이 형편없어!"

환자는 퉁명스럽게 대답했다.

의사는 여관 주인을 불러 환자의 불평을 들어 나무라고 일한 아이를 야단쳤다. 그들의 폭리에 크게 놀란 표정을 보이고 그들의 이기심을 책망했다. 술에 35%나 되는 물을 타서 손님을 속이고 있다고 호통을 쳤다.

에우게니 니콜라이치는 자기와는 무관하다는 태도로 의사가 무엇 때문에 화를 내고 있는지 모른다는 것, 또 여관집 주인이 왜 65%의 물을 타지 않았는지 그 이유를 모르겠다는 것, 그래도 사 마시는 손님이 있으니 태연하게 물을 탄 술을 팔고 있는 여관집 주인이 꽤나 영리한 인간이라고 말하지 않으면 안되겠다고 생각한 것 등을 나에게 말했다. 그래서 그의 도덕적인 의견을 들으면서 우리들은 식사를 마쳤다.

이 환자인 지주와 처음 만나 대화를 할 때부터 나는 그의 병적인 사고(思考)가 아주 독자적이고 대담하다는 것에 놀라고 말았다. 그에게는 분명히 '모자란 면'이 있었다. 그러나 의사의 의견에 의하면 그는 부유한 지주로서 일생 동안 불행이나 곤란을 받을 만한 처지에 있었던 것은 아니었다. 그러나 나는 선량한 이 옛 친구의 판단을 그대로 믿을 수는 없었다.

우리들은 제노아로 동행했다. 거기서 우리들은 과거의 전란으로 몰락한 귀족이 경영하는 여관에 체류했다. 에우게니 니콜라이치는 나의 여러 가지 이야기에 별 관심을 보이지 않았으나 의사와는 항상 논쟁을 벌였다.

우울증세가 나타날 때에는 그는 남들을 피해서 혼자 방안에 틀어박혀 있었다. 그리고 초록빛의 얼굴이 되어 열병에 걸린 것처럼 부들부들 떨고 있었다. 가끔은 그의 얼굴에 눈물 흔적이 있기도 했다. 그럴 때면 의사는 혹 자살을 하지 않을까 주의를 하곤 했다. 면도칼이나 권총을 숨기고 신경 안정제를 주면서 그를 괴롭혔다. 때로는 향기가 좋은 따뜻한 목욕탕에 억지로 그를 집어넣기도 했다. 환자는 그럴 때마다 귀찮은 듯 반항해 보다가 결국은 어린애처럼 고분고분 따르기도 했다.

우울증이 가시면 그는 조용하고 말수가 적은 사람이 되었다. 그러다가도 갑자기 수문이 터진 듯이 떠들어대기도 하는 것이다. 숨이 막힐 듯한 웃음을 터뜨리고는 신경질적으로 숨을 헐떡거리다가 심한 기침으로 말을 멈추곤 했다. 그래서 듣는 사람들은 항상 우울하고 조바심마저 생겼다. 그의 기발하고 역설적인 의견은 그 자신에게는 마치 구구법을 외우듯 간단하고 쉬운 일 같았다. 그의 견해는 그 자체가 정확하고 그가 확신하고 있는 근거로부터 순서 있게 유도된 것 같았다. 그러나 누구도 그의 의견에 동의하거나 권위를 인정치 않았다. 무엇보다 이것이 다른 견해와의 충동을 초래하는 것이었다. 의사는 어떤 일에나 결론 단계에 이르면 큐베나 훔볼트를 인용하는 것이었다.

예브게니 니코라비치가 말했다.

"그러나 어째서 나도 훔볼트와 같이 생각하지 않으면 안 된다는 말인가. 훔볼트는 박식하고 세상을 넓게 본 사나이야. 그가 본 일이나 생각한 것을 아는 것은 매우 흥미 있는 것은 사실이지. 그러나 나도 그와 꼭 같은 사고방식을 가져야 할 의무는 없어! 훔볼트가 청색 옷을 입었다고 해서 나도 청색 옷을 입어야 한단 말인가? 지금 자네도 모세를 믿고 있지 않지!"

"그러나 말이에요."

모욕을 당한 기분으로 의사는 나를 바라보면서 말했다.

"에우게니 니콜라이치는 종교와 과학의 구별을 인정하지 않지요. 그것은 무슨 이유입니까?"

"구별이 없지."

에우게니 니콜라이치는 자신 있는 말로 대꾸했다.

"종교와 과학은 두 가지 다른 낱말로 표현되어 있지만 동일한 것에 지나지 않아."

"그러나 종교는 기적에 그 기초를 두고 있으나 과학은 이성에 그 기초를 두고 있습니다. 종교에 필요한 것은 신앙입니다. 그러나 과학에 필요한 것은 지식입니다."

"기적은 종교나 과학에도 있어. 다만 종교는 기적에서 출발하고 과학은 기적에 접근해 간다는 차이가 있을 뿐이야. 종교는 하늘의 계시를 중요시하기 때문에 지식으로서는 이해할 수 없는 것이라고 말하지. 또 그와 동시에 다음과 같이 말하고 있어. 즉 인간보다 총명한 지식이 있어서 그 지식이 이러 저러하다고 설명하는 거야. 과학은 기만을 낳으면서 모든 것을 이해했다고 공상하는 것이야. 그러나 그 어느 것이든 본질에 있어서 인간은 모든 것을 알 수 있는 능력을 가지지 못했다는 사실을 증명하는 데 불과해. 다만 누가 이렇게 이해하고 있다는 사실을 증명하고 있음에 불과하지. 그러나 사람들은 이 사실을 인정하려 하지 않고 있어. 인간의 타고난 약점 때문에 어떤 자는 모세를 믿고 또 어떤 자는 큐베를 신뢰하지 않을 수 없는 것이야. 진정한 신뢰가 어디에 있을까? 어떤 자는 하나님이 동물과 초목을 창조했다고 말하고 어떤 자는 생명력이 그것들을 창조했다고 말하지. 실제에 있어서 지식과 하늘의 계시 사이에는 상반되는 것이 아무 것도 없어. 다만 신앙에 대한 회의와 확신 사이에 상반되는 것이 존재할 뿐이야."

"그러나 예를 들어 내가 병리학상의 사실을 유기체의 관성(慣性)에서 찾아내어 이해하고 있는데 왜 그것이 신앙에 의하여 인증되어야 한다는 말입니까?"

"그래, 그런 경우에는 그럴 필요가 없어. 그러나 자네가 아니라 다른 사람은 그 관성이라는 것을 알지 못하니까 신앙에 의하여 인증해야 하는 것이야."

"아주 멋진 이론이신대요."

나는 농담 삼아 그의 두 손을 잡고 말했다.

"당신이 완쾌되어 문교부 장관에 임명된다 하더라도 저는 조금도 놀라지 않을 것입니다."

"그런 말씀으로 저를 모욕하지 마십시오. 그리고 제가 생각하고 있는 것을 무가치한 소견으로 취급하지 마십시오. 저 자신도 루소를 조롱하던 때가 있었습니다. 그리고 볼테르가 루소의 자연으로 돌아가라는 저서를 읽고 네 발로 걷는 연습을 해도 이미 때가 늦었다고 루소에게 편지를 썼다는 사실도 알고 있습니다. 그러나 저는 이 세상의 모든 악은 어디서 발생하고 있는지를 이해하기까지는 참으로 괴로운 고뇌를 치렀던 것입니다. 그리고 그것을 이해한 후 이렇게 심신을 망쳐버렸습니다. 저는 누구에게도 이 이야기를 하지 않았습니다. 그러나 사람들의 고뇌와 슬픔이 점점 더해가고 악이 더욱 더 노골적으로 나타나기 때문에 진리를 세상에 공표하기로 결심했습니다. 우리 모두는 멸망해 갑니다. 우리들은 영원한 타락의 희생물입니다. 그리고 선조의 죄악을 우리가 감당하고 있는 것입니다. 어떻게 하면 우리가 구원을 받을까요? 우리는 그것을 모르나 다음 세대는 그것을 깨닫게 될 것입니다."

"그것은 당신의 지론이지요. 인간이 건강한 상태를 회복할 수 있는 길은 오직 진화 대신 퇴보가 인류를 찾아올 때만 가능하다는 말씀이지요. 원시의 동물(원숭이)로 돌아가도록 인류가 퇴보할 때란 말씀이지요?"

의사는 새 담배에 불을 붙이면서 말을 했다.

"인간이 동물에 가까워지려는 것은 천사가 되려는 시도와 마찬가지로 분명히 실패하기 마련이야. 모든 동물에는 제각각의 존재 양식이 있는 거야. 본질을 바꾼다는 것은 항상 위험한 일이지. 강물은 우리들에게 있어서 바닷물보다 친밀하고 깨끗하게 생각되는 것이다. 그렇다고 강물에다 바다의 생물을 집어넣으면 곧 죽어 버릴 것이다. 인류는 우리가 상상하는 만큼 자연의 혜택을 풍부하게 받고 있는 것은 아니야. 그러나 인류의 신경이나 두뇌의 병적인 발달은 어떤 사람을 현혹시켜서 본연의 것이 아닌 것, 그리고 인류에게는 지나치게 높은 생활로 이끌고 있어. 그 결과 사람들은 파멸을 당하고 질병에 고통하고 있는 것이라고. 인류가 이 병적인 상태를 벗어날 때만 평안을 얻을 수 있을 거야. 이러한 평안은 인류에게 만족과 행복을 줄 수 있는 거야. 예를 들어 인도 사람의 경우 자연은 풍성한 선물을 그들에게 주고 있어. 생활에 대한 국가적, 정치적 상처는 없어. 공동체의 생활을 지배하는 두뇌의 우월성은 인정되지 않고 있지. 세계의 역사도 그들만은 잊어버리고 있었어. 그들은 인간으로서 자유롭고 평화로운 생활을 하고 있는 거야. 그런데 그 저주할 동인도회사가 설립된 후에 그와 같은 생활을 파괴하지 않았는가 말이야!"

의사가 말했다.

"그렇지만 민중은 그와 같은 것은 조금도 생각지 않고 살아가고 있습니다."

"그래, 그 점이 바로 나의 이론에 대한 가장 중요한 증명이야. 자네가 민중이라고 하는 것은 이 경우에는 인류라고 해도 마찬가지야. 그러나 인류에게는 소망하는 대로의 생활이 주어져 있지 않아. 이점에 불행이 있는 거야. 교육을 받으려면 비싼 수업료를 치르지 않으면 안 돼. 아무튼 지금과 같은 사회제도는 서민에게 고통을 주는 것이야. 특권층은 서민의 고통과는 아랑곳없이 자기 재산의 증식에 혈안이 되어 있고 사악한 취미를 개발하고 부당한 요구를 하며 필요를 만족시키는 수단을 빼앗아 가는 존재에 불과해. 얼마나 불행하고 가슴 아픈 상태인가? 한편으로는 노역에 시달리고 굶주림에 고통받는 대중이 허다하고 그리고 또 한편에서는 대중의 굶주림과 부당한 보수를 생각하며 지쳐버린 가련한 사람들이 실망해 하고 있어. 그러나 이들 질병과 고뇌에 시달리고 악조건의 생활 환경 때문에 열병에 걸리며 지나친 신경으로 폐병을 앓고 있는 중에도 문명의 꽃이 피고 문명의 총아들은 즐거워하고 있어. 모든 것을 향유할 수 있는 인간들이 존재하고 있는 것이야. 그러한 자들은 어떤 인간들인가? 그들은 우리의 친구인 지주들이며 우리와 가까이 있는 상인들이다. 그러나 자연은 그것을 꾸짖지 않아. 그리고 사형 집행인보다 더 잔악한 배신에 스스로 도장을 찍고 있는 것이야."

그는 방안을 거닐었다. 그리고 갑자기 거울 앞에 멈춰 섰다.

"보십시오, 이 얼굴을! 얼마나 무서운 얼굴인가, 하하하! 이 얼굴을 어떤 농부의 얼굴과 비교해 보라. 그 무서운 다양성을 이해하게 될 것이다. 나의 이 일그러진 얼굴에 관리나 상인이나 학자나 귀족이나 그 밖에 모든 그와 같은 사회의 세력을 입은 자들이 속하고 있을 거야. 또한 나약한 골격과 근육을 가지고 신경통에 고생하며 둔하고 약하며 미미하고 무지하며 야비한 자들이 속해 있는 거야. 예를 들어 나와 같이 35세에 벌써 폐인이 되어 힘도 가치도 없이 그 일생을 두 계층의 틈바구니에서 겨울의 후추풀 같이 무익하게 보내고 있는 인간들이 속하고 있는 거야. 얼마나 부끄러운 일인가? 그러나 이런 일은 오래갈 수가 없어. 그것은 어리석고 부패한 찌꺼기이니까. 인류 모두에게 자연의 평안이 필요해. 바빌론 탑과 같은 사회조직을 구성하는 일은 이제는 그만두자. 현재의 모든 것을 중단하라! 그렇다! 분수에 넘치는 것은 추구하지 말자! 자연 그대로의 포근한 잠자리가 있는 집에서 신선한 공기를 마시며 자유로운 야생의 의지를 존중하며 참되고 숭고한 자유를 얻을 때가 다가 온 것이다!"

이마에 핏줄을 세우며 에우게니 니콜라이치는 말을 끝맺었다. 그리고 갑자기 괴로운 듯 얼굴을 찌푸리고 엄숙한 표정으로 입을 다물어 버렸다.

-A. 게르첸

12월 23일 성지(聖智)

성지(聖智)란 인생에 부여된 영원의 진리를 아는 것이다.

1

소크라테스는 천상으로부터 철학을 얻어 그것을 지상에 폈다. 사람들로 하여금 인생의 과학을 배울 것, 덕성과 선악의 결과를 배우도록 가르쳤다.

-키케로

2

박학(博學)과 성지(聖智)가 일치되는 일은 드물다. 성자는 많은 것을 아는 것이 아니다. 그러나 성자가 알고 있는 것은 모든 사람에게 필요한 것이다. 그리고 그가 알고 있는 것은 그에게 의심할 여지가 없는 것이다.

3

자기의 정신을 아는 자는 무엇보다 먼저 자신 속에서 신의 본원을 느낀다. 그리고 자신의 이성을 신에 속하는 신성한 것으로 생각하고 항상 신의 선물을 받을 수 있는 행위와 사상을 가지게 될 것이다. 사람이 자신을 신뢰하고 자의식으로 스스로를 검토할 때 자기가 인생에 있어서 얼마나 풍부한 선물을 받고 있으며 또 성지를 받아 그것을 지키기 위하여 얼마나 고귀한 수단을 소유하고 있는가 하는 것을 알게 될 것이다.

-키케로

4

성경의 근본 교훈을 심령으로서 판단할 수 없는 인간은 어떤 비평적인 연구에 의해서도 그것을 알 수 없을 것이다. 또 심령으로 분간할 수 있는 인간에게는 그러한 연구가 필요 없다. 그리고 그것을 분간할 수 있는 자는 성경의 인도가 생활에 필요한 것이지 지식을 위하여 필요한 것은 아님을 알 것이다.

5

성자는 박식(博識)이 아니며 박식은 성자가 아니다.

사막에서 한 그릇의 물은 산더미 같은 황금보다 더 중요하다.
성지에 의한 행복은 다른 모든 지식보다 더 중요하다.

정신의 발달

정신의 발달은 유년시대부터 시작된다. 그리고 육체의 힘이 쇠퇴해짐에 따라 정신력은 완성에 가까워지는 것이다. 육체적인 힘의 감소와 정신력의 성장은 똑바로 세운 원뿔과 거꾸로 세운 원뿔과 같이 정비례하는 것이다.

1

조화된 성장은 자연에서와 같이 인간에게도 침묵과 평온 속에서 이루어지는 것이다. 혼란 속에는 항상 파괴와 죄악 그리고 조잡한 것뿐이다. 오직 평온과 고독 속에서만이 인간은 강한 생활력의 신장(伸張)을 느낀다. 예수께서도 "기도할 때에는 너희 골방으로 들어가라"고 말씀 하셨다. 세계의 평화가 실현되기 위해서는 침묵 속의 성장이 중요하다. 우리에게 필요한 것은 평온 속에 있는 일이다. 침묵의 소리는 우리들을 해방시켜 주는 진리를 가르쳐 준다.

–맬러리

2

이성의 위치에서 통찰하기를 게을리 하지 않는 사람은 덕이 높은 사람이다. 그리고 덕이 낮은 사람은 항상 무지의 죄악 속에 빠진다.

–중국 잠언

3

정신적인 생활을 하고 있는 사람은 나이가 들면 들수록 더욱 그 지혜의 세계가 넓어진다. 그리고 점점 그 자의식이 명료해진다. 그러나 현실을 중요시하는 자들은 나이가 들수록 더욱 나약해져 갈 뿐이다.

–탈무드

4

정신이 성숙해 간다는 것은 힘이 넘친다는 것보다도 가치 있는 일이다. 우리들의 내부에 존재하는 영원한 것은 시간이 우리 내부에 낳아 놓은 것을 파괴함으로써 이익을 얻는다.

–아미엘

5

정신의 진보를 얻어라. 다른 사람들의 정신적 진보를 도와라. 이러한 것을 위해 모든 생활이 존재하고 있다.

6

육체적인 성장은 정신의 활동을 위하여, 즉 신과 인간에 대한 봉사를 위하여 예비하는 것과 같다. 신과 인간에 대한 봉사는 육체의 쇠퇴와 함께 시작된다.

–노자

자기 자신의 영적 생활과 그 성장을
의식하지 않는 것은 두려워할 일이다.
오직 육체적인 생활만을 의식하고 있을 때에는
피할 수 없는 쇠퇴와 마침내는 소멸되고 말 것이다.
자신의 정신적 본질을 알아야 한다.
그리고 그것에 의하여 살아라.
거기에서 오는 기쁨은 그 무엇과도 비교할 수 없을 것이다.

자선

진실한 자선(사랑의 행위)이기 위해서는 희생이 따라야 한다. 그리고 은밀한 것이 아니면 안 된다.

1

사람에게 보이려고 그들 앞에서 너희 의(義)를 행치 않도록 주의하라. 그렇지 아니하면 하늘에 계신 너희 아버지께 상을 얻지 못하느니라. 그러므로 구제할 때에 외식하는 자가 사람에게 영광을 얻으려고 회당과 거리에서 하는 것 같이 너희 앞에 나팔을 불지 마라. 진실로 너희에게 이르노니 저희는 자기 상을 이미 받았느니라. 너는 구제할 때에 오른손이 하는 것을 왼손이 모르게 하여 네 구제함이 은밀하게 하라. 은밀한 중에 보시는 너희 아버지가 갚으시리라.

-성경

2

일하는 자만이 자선의 행복을 알 수 있는 것이다. 게으름뱅이 부자에게는 이 기쁨의 행복이 허용되어 있지 않다.

3

자선은 자기 집에서부터 시작된다. 만일 자선을 베풀려고 멀리 떠나는 것은 진정한 자선이라고 부를 수 없는 것이다.

4

부자가 가난한 자에게 의도적으로 나타내는 도움은 가장 좋은 경우일지라도 일종의 예의에 지나지 않는다. 그것은 결코 자선이나 자비가 아니다. 길을 물을 때 가르쳐 주는 것은 예의이다. 돈을 빌리러 온 사람에게 돈이 있으면 빌려 주는 것도 예의이다. 그러나 그러한 것은 자선과는 아무런 공통점도 없는 것이다.

5

결합은 필요 속에 생긴다. 분열은 의혹에서 생긴다. 자선은 모든 것 속에 생긴다.

-메란포튼

물질적인 자선은 오직 그것이 희생될 때에만 선이다.
그때에 자비를 받는 자가 정신적인 선물도 받아들일 수 있을 것이다.
만일 그것이 희생이 아니고 풍족한 것 중 일부일 때의
그 자선은 받은 자의 마음을 초조하게 할 뿐이다.

12월 26일 가르침의 선택

유년시절에는 보고들은 대로 행동한다. 그러므로 교육상 가장 중요한 것은 아이들에게 영향을 끼칠 가르침의 선택이다.

1

인간은 누구나 유년시절에 받은 인상이 제일 강렬하다. 그리고 아이들 자신의 판단은 그들에게 주어진 실례의 천 분의 일의 영향력도 가지고 있지 않다. 그러므로 눈으로는 반대의 실례를 보고 있는데 아이들에게 아무리 좋은 책을 읽혀도 소용없는 짓이다.

2

아이들의 종교는 보여준 행위의 실제여하에 달려 있다. 아이들의 생활에는 내면적인 무의식이 움직이고 있으므로 부모의 책망이나 노여움은 소용이 없다. 그리고 아이들은 부모의 신앙을 본능적으로 예감하고 느끼는 것이다. 아이들은 어른들의 가면을 꿰뚫어 보고 본성을 안다. 그것은 아이들의 관상술이다. 아이들은 어른들 그 누구에게도 힘이 미치는데 까지 영향을 준다. 그것은 아이들의 세심한 외교술이다. 아이들은 모든 영향에 순응하면서 그것을 자기의 천성을 통하여 변형시키면서 반영한다. 아이들은 거울이다. 그러므로 교육상의 제일원칙은 그대 자신을 교육하라는 것이다. 아이들의 의지를 잘 지도하기 위한 첫째 법칙은 그대 자신의 의지를 잘 이끄는 일이다.

–아미엘

3

욕망을 적게 하라. 이것이야말로 젊은이들에게 가르치고 훈련시켜야할 일이다. 욕망이 적으면 적을수록 행복은 증대하는 것이다. 이것은 아주 오랜 진리이며 오랫동안 망각하고 있던 진리이다.

–리히텐베르크

4

될 수 있는 한 편안하게 지내려고 하는 경향은 인간으로 겪어야 하는 그 어떤 불행보다도 나쁜 결과를 가져온다. 그러므로 어릴 때부터 아이들에게 일하는 것을 가르칠 것이 요구된다.

–칸트

5

아이들에게 중용, 겸손, 근로 그리고 남에게 봉사하는 일을 가르치는 것이 무엇보다 필요하다. 그러나 그런 것을 아무리 가르쳐도 부모들이 게으르고 사치스러운 생활을 하며 동물들을 학대하는 행위를 본다면 아무 소용이 없다.

아이들에 대한 모든 도덕적인 교육은 좋은 모범을 보여줌에 의하여 실행되어야 한다. 그대 자신의 훌륭한 생활 여하에 따라 아이들에 대한 교육도 좋은 결과를 거둘 수 있을 것이다.

12월 27일 교회의 지도자

교회의 지도자들이 '신은 우리에게 맡기어졌다' 라고 선포했을 때부터 즉 인간의 내면적인 존재보다 외면적인 권위를 존중했을 때부터, 또는 인간 자신의 내부에 존재하는 이성과 양심보다 교회의 교리나 결의를 신성시하고 중요하다고 인정하였을 때부터 사람의 몸과 마음을 어둡게 하고 수많은 사람을 멸망시키며 무서운 결과를 낳게 한 허위가 시작되었던 것이다.

1

국가의 인정을 받고 권력에 의하여 지지되고 있는 기독교는 기독교가 아닌 것이다. 왜냐하면 그 근저를 형성하고 있는 것은 비기독교적인 권력에 불과하기 때문이다. 카톨릭, 정교, 루터교, 영국교 등은 기독교 정신의 근저를 이루고 있는 사랑의 교훈을 부정하고 가장 비기독교적인 권력을 필요로 하고 있기 때문이다. 또 그러한 권력은 가장 큰 고뇌를 가져오고 사형과 화형을 자행하고 있다. 이러한 교파는 기독교 정신을 신봉하는 것이 아닐 뿐더러 기독교의 가장 사악한 적이다. 그리고 민중이 기독교를 받아들이기에 가장 큰 방해가 되어 있는 것이다.

2

모든 국가적 기독교의 근저는 권력이다. 참된 기독교의 근본은 사랑이다. 국가는 강제이며 기독교는 믿음에 의한 복종이다. 권력과 목자의 지팡이는 전혀 반대되는 구실을 하는 것이다.

-케이

3

그리스도는 어떠한 교회도 세우지 않았다. 아무런 나라도 건설하지 않았다. 어떤 권력이나 외면적인 권위도 주지 않았다. 그리스도는 오직 사람들의 마음 속에 신의 법칙을 새기고 사람들 스스로가 그것을 준수하기를 바랐던 것이다.

-뉴튼

4

1415년 요한 구스는 배신행위를 폭로 했다하여 교회의 신부들로부터 이교도로 몰려 화형을 당하였다. 화형 장소는 라인강 가의 벌판에 있는 성문 뒤였다. 구스는 그곳으로 끌려가자 무릎을 꿇고 기도를 시작했다. 사형 집행관이 장작 위로 올라가라고 명령하자 구스는 큰 소리로 외쳤다. "주여! 나는 주님의 가르침에 따라 이 무섭고 수치스런 죽음을 견디겠습니다, 순종하겠습니다." 사형 집행관이 구스의 의복을 벗기고 두 손을 기둥에 묶었다. 그의 주위에는 장작과 짚이 놓여 있었다. 장작은 그의 목까지 쌓아 올려졌다. 최후의 시간이 되어 독일제국은 폰 풋펜가임 장군을 사형장에 보내어 이교를 버린다면 살려주겠다고 회유했다. 그러나 구스는 "아니다. 나는 아무런 죄도 범한 기억이 없다."고 말했다. 결국 사형 집행관은 장작더미에 불을 놓았다. 구스는 찬송을 불렀다. "나는 주의 곁으로 가오리다." 불길은 거세게 타올랐다. 마침내 구스의 찬송가 소리는 사라지고 말았다.

5

진실한 신앙을 가진 자들이 교회를 이루고 있다고 한다. 교인들이 참된 신앙을 가지고 있는지 없는지 우리는 알 수 없다. 그러나 우리들은 오직 참된 신앙을 가진 자이기를 진심으로 원하고 있으며 또 그렇게 되기를 힘쓰고 있는 것이다. 그러나 그 누구도 자기와 같은 신앙이 참된 신앙이라고 결코 말할 수는 없는 것이다.

교회란 그 안에 있는 사람들로서는 그 정체를 알 수 없는 것이다.

12월 28일 과학

과학의 목적이 인생의 법칙을 발견하는 것에 있을 때 그 의무를 인정받을 수 있다. 그러나 그 결과가 태만한 자들의 호기심만을 일으키는 것이라면 다시 생각해 볼 가치도 없는 것이 되어 버린다.

1

인간의 마음이 형이상학적인 탐구로부터 멀어지기를 기대하는 것은 우리가 가끔 더러운 공기를 마시지 않으려고 호흡하기를 중단해 버리기를 바라는 것과 같이 어리석은 일이다. 그러므로 형이상학은 이 지상에 영원히 존재할 것이다. 그리고 사색하는 모든 사람에게는 더욱 중요한 위치를 차지하게 될 것이다. 그러나 형이상학이 일반인들에게 너무 어렵기 때문에 사람들은 스스로 그것을 저버리는 것이다. 지금까지 형이상학이란 것은 그 어느 하나도 경험 있는 두뇌를 만족시킨 일은 없다. 그러나 형이상학을 말살해 버리는 것은 불가능하다. 지금이야말로 순수이성의 비판을 가지도록 시도해 보는 것이 필요하다. 그리하여 만일 그와 같은 비평이 존재하고 있다면 그것을 검토하고 그것을 일반인의 경험에 맡길 필요가 있다. 왜냐하면 그것은 단순히 학문을 즐긴다는 차원을 넘어 현재의 긴급한 필요를 채우기 위한 수단을 우리들은 갖지 못하고 있기 때문이다.

–칸트

2

추상적인 지식에 있어서 가장 큰 가치는 다른 사람에게 그것을 전달할 수 있는 동시에 사람들이 그것을 확인하고 준수할 수 있다는 점에 존재하는 것이다. 오직 그렇게 할 수 있을 때만이 그것은 무한한 중요성을 갖게 되는 것이다.

–쇼펜하우어

3

학문의 중요성은 그것이 어떤 유익을 가져온다는 것을 증명할 수 있을 때만이 인정할 수 있다고 생각된다. 그러나 학자들은 학문에 종사하고 있다는 이유만으로 그 일이 언젠가는 이익을 가져오리라고 믿고 있는 것이다.

4

종교상의 미신과 같이 인간의 약점을 묵인해 주겠다는 희망에서 생기는 바보스런 미신이 존재한다. 그것은 종교상의 미신과 같이 매우 해로운 것이다. 사람들은 착오를 범하고 있다. 그릇된 생활을 하고 있다. 인간의 참된 성품은 자신의 생활이 부정하다는 것을 인식하며 그것을 개선하려고 노력하는 데에 있다. 그러나 여기에 학문이 등장한다. 국가학, 경제학, 종교학, 형법학, 정치학, 역사학 그리고 근대적인 사회학이 나타났다. 이러한 학문은 인간의 그릇된 생활을 개선할 수 없는 법칙에 의하여 생기는 것이라고 하는 것, 즉 인간의 과업은 자신의 약점과 싸우고 자신의 생활을 악에서 선으로 개선함에 있는 것이 아니라 학문에 의하여 생활의 흐름에 적응하는 것이라고 말하는 것이다. 이 미신은 인간의 건전한 사상과 양심에 위배되는 것이다. 만일 그것이 인간의 과오를 변호함으로써 인간들에게 안식이 주어지는 것이 아니라 해도 결코 인간에게 수용되어지지 않았던 것이다. 그리고 어떠한 종교상의 미신도 이와 같은 학문상의 미신만큼 인간들 사이에 악을 낳지는 않았다.

인류의 진정한 정신적인 행복에
일치하지 못한 학문에 빠지는 것은 자신의 할 일을 하지 않고
유희에 빠지는 것과 마찬가지로 부도덕한 것이다.
학문이란 인간의 행복을 위해 가장 고귀하며 가장 필요한 것을
알려고 하는 것이 아니면 안 된다.

12월 29일 폭력

폭력이 존속하는 한 전쟁도 반복될 것이다. 폭력에는 폭력으로 이겨낼 수 없다. 폭력에는 무저항으로 또 그것에 참여하지 않음으로써 정복할 수 있는 것이다.

1

만일 나의 병사들이 사색할 줄 알았다면 한 사람도 군대에 남

지 않았을 것이다.

-프리드리히 2세

2

전쟁과 살인의 야만적인 본능은 몇 천년 동안 흘러 왔기 때문에 인류의 두뇌에 깊이 뿌리를 내리고 말았다. 그러나 우리보다 진화되고 발전된 인류가 언젠가 나타나 이 무서운 죄악에서 벗어날 수 있다는 희망을 가져야 한다. 그러나 그때 이 진화된 인류는 우리들이 오늘날 자랑하고 있는 이 문명이란 것에 대해 어떻게 생각할까? 어쩌면 우리들이 고대 멕시코 민족과 그 호전적(好戰的)이고 경신적(敬神的)이며 동물적인 욕망이 동시에 존재하고 있던 카니발리즘에 대하여 생각하고 있는 것과 똑같은 것이 아닐까?

-르투르노

3

나는 군대의 규율이라는 것을 이해했다. 2에 2를 곱하면 5가 된다고 해도 그것이 옳다고 긍정해야 한다는 것을 알았다. 이것이 군규(軍規)라는 것에 불과하다는 것을 이해했다. 처음에는 이러한 이해에 도달하기가 매우 힘들었다. 그러나 각 영내에 군기에 관한 고지가 걸려 있고 지휘관의 사상을 언제나 명료하게 하기 위하여 그것이 병사들에게 주야로 주입되고 있다는 것들이 이러한 이해에 도달하는 것을 도와주었다. 예를 들어 병사가 상관의 명령에 복종하기를 거부하고 병영을 이탈하여 고향으로 돌아가려고 하면 사형, 또는 5년의 징역, 중노동에 처하는 것이 씌어져 있었던 것이다.

–샤트리앙

4

내가 흑인 노예 한 명을 샀다고 하자. 그 노예는 내 소유이다. 그는 소나 말처럼 일한다. 만일 나의 지시를 따르지 않을 때에는 먹을 것을 줄이고 또 사정없이 때리기도 한다. 그렇다면 우리는 우리들의 병사들에 대하여 이 이상의 대우는 하고 있을까? 양자의 차이는 현실적으로 군인 쪽이 훨씬 싸게 치인다는 것뿐이다. 좋은 노예는 적어도 500에이커는 나간다. 그러나 좋은 병졸은 50에이커 밖에 나가지 않는다. 그리고 그들 양자는 붙잡혀 있는 곳에서 탈출할 수 없는 것이다. 또 아무리 하찮은 과실에도 매를 맞는다. 급료는 어느 편이나 같다. 그러나 노예는 병사보다 자기의 생명을 잃을 위험 없이 아내와 자식과 함께 살아갈 수 있다는 점에서 병사보다 훨씬 나은 운명에 있는 것이다.

–아나톨 프랑스

세상 사람들이 어떠한 폭력에도 가담하지 않고
그 때문에 받는 모든 박해에 견딜 수 있는
각오가 되어 있을 그 때에 비로소 전쟁은 근절된다.
이것이 전쟁을 없애는 유일한 방법인 것이다.

신의 본질

모든 인간은 형제이며 평등하다는 의식은 점점 인류 사회에 퍼져가고 있다.

1

'수고하고 무거운 짐진 자들아 다 내게로 오라! 내가 너희를 쉬게 하리라' 고 말씀한 분은 이 말씀을 통하여 전 인류의 희망이 되었다. 그것은 인류 전체가 무거운 짐을 지고 고통 속에 살고 있기 때문이다. 그 같은 무거운 짐을 지지 않고 다른 사람들에게 지우고 있는 사람, 다른 사람의 노동과 박해를 이용한 사람이 과연 얼마나 많은가? 고난받는 자들, 불행한 자들을 부르시는 이는 그리스도이다. 또 모든 사람의 선량한 목자이시다. 이 지상에서 그리스도의 사명은 모든 사람들을 하나의 형제적 민족으로 결합시키고 또 그들을 신과 결합시키며 모든 사람이 신의 규범, 즉 사랑의 무한한 진화 아래서 하나로 통일하고자 하는 것이었다.

2

우리들 모두는 영적 세계에 있어서 형제 자매란 것을 이해하고 있을까? 우리들이 모든 것의 근본이신 하나님, 그 모습을 내부에 가지고 있고 그 완성을 위하여 계속 일하고 계시는 하나님에게서 태어났다는 것을 우리들은 이해하고 있는가? 우리들의 내부에 있어서와 같이 모든 사람의 내부에도 동일한 신의 생명이 존재함을 우리들은 이해하고 있을까? 그러나 이러한 이해에 도달하는 것이야말로 우리들 인간 상호간의 진정한 자유로운 결합을 형성하는 것이다.

우리들의 생활 조직을 개선하려면 사람들이 서로 새로운 존경을 가지고 있어야 한다. 사람들이 오늘날처럼 서로를 짐승처럼 생각하고 짐승 같이 대우하는 것을 그치지 않으면 폭력과 간계로써 다른 사람들을 자기의 목적달성을 위한 도구로 계속 사용할 것이다. 사람들이 신과 자신과의 관계와 생명이 주어진 위대한 사명을 올바로 이해하지 못할 동안은 형제애의 정신은 존재할 수 없을 것이다. 오늘날에는 그와 같은 사상은 환상에 불과한 것이라고 생각한다. 그리고 사람들 속에서 형제애와 자기가 신의 아들이라는 신앙을 발견하려고 하는 사람을 공상가처럼 여긴다.

그러나 기독교의 가장 단순한 진리의 인식은 이 사회를 새롭게 하여 사람들이 생각조차할 수 없는 새로운 관계를 수립할 것이다. 사람들이 서로의 영적 본질을 파악하고 가장 비천한 인간에게도 존재하는 정신(영)의 의의를 이해할 때 어떻게 사회가 변혁되고 우의와 존경, 평화와 사회의 개선을 위한 힘찬 노력이 생겨날 수 있는가를 알 수 있는 것이다. 그때에는 지금 우리가 알지 못한 하찮은 굴욕, 슬픔, 박해가 오늘날의 최대의 죄악보다 우리를 훨씬 괴롭힐 것이다. 그렇게 되면 모든 사람이 신성하게 보이고 사람에게 가해지는 굴욕이 신에 대한 모욕으로 여겨질 것이다.

이 진리를 인식할 때에 이웃에 대한 비방을 할 수 없게 된다.

왜냐하면 모든 사람은 이웃의 내부에서 신을 볼 것이기 때문이다. 그리고 이 가르침만큼 실제적인 진리라는 것을 자기에게 상상할 수 없다. 그렇다! 우리들에게는 이제 새로운 계시가 필요하다. 그러나 그것은 천국과 지옥에 대한 계시가 아니라 우리들 속에 존재하는 영에 대한 계시이다. *-찬닝*

3

그대가 두려워하고 있는 사람이나 그대를 두려워하고 있는 사람은 사랑할 수 없다. *-키케로*

4

도덕을 이야기하면서 그대의 의무를 가정이나 국가의 범위에 한정시키는 사람들은 정도의 차이는 있으나 모두 이기주의를 말하는 사람들이다. 그것은 자신에게도 또 남에게도 해로운 교훈이다. 가정과 국가는 두 개의 원에 불과한 것으로 그것은 무엇보다도 크고 넓은 원에 포함된다. 즉 온 인류 속에 포함되어야할 것이다. 이 두 단계는 통과해야할 필요가 있다. 그러나 거기에서 멈추어 버려서는 안 된다. *-마치니*

모든 사람들 속에 존재하는 신의 본질을 인식함으로 깨닫게 되는
만물 결합의 의식은 가장 자연스러운 내면적이며 외면적인
또 사회적인 행복을 준다. 이 의식을 방해하는 것은 국가적, 계급적,
종교적 미신이다. 이 의식을 확립하는 것이 진실한 종교적 사랑이다.

헝가리, 세르비아 등지에 전파된 나사렛 종파에 대하여

나사렛파 가르침의 본질은 성경 중 특히 산상수훈으로 이루어져 있다. 그들은 어떠한 계급 정치도 인정하지 않았고 공식이나 제도도 인정하지 않았다. 그들의 교훈은 일정하지 않고 독자적인 교리를 가지고 있다. 그러나 도덕적인 가르침은 모두 같은 것이다. 그들은 모두 도덕적인 절제생활을 하고 있다. 그리고 생활의 중요한 법칙은 노동을 즐기는 것이며 타인과의 관계에서 친절하고 비방을 잘 참는 것이며 폭력에 가담하지 않는 것이라고 생각하고 있다. 그들은 재판을 거부하고 세금을 자진하여 바치지 않고 맹세를 금하며 병역을 거부한다. 그리고 일반적으로 국가의 존재에 대해서도 자기들에게 필요 없는 기구와 같이 대하고 있다.

그 종파에 속한 자는 모두 노동에 종사한다. 그들은 참회하고 새로운 생활을 하고자 하는 자만을 '소생한 영혼'으로 둥지에 맞아들인다. 그러므로 나사렛파의 어린이들은 나사렛의 일원으로 인정되지 않는다. 나이 들어 스스로 신앙 생활에 들어가려고 원하지 않을 동안은 그렇다. 나사렛파는 병역의무를 거부하여 오스트리아 정부의 박해를 받았으나 그들은 병역이 기독교 정신에 위배됨을 확신하고 그리스도의 규범에 위배됨 없이 자기들에게 주어진 어떠한 형벌도 순순히 참고 견디었다.

나사렛파의 사람들이 병역의무를 거부한 것을 '나는 너희에게 이르노니 악한 자를 대적치 말라.'는 그리스도의 말씀을 지키기 때문이라고 한다. 그리고 '나는 너희에게 이르노니 너희 원수를 사랑하며 너희를 핍박하는 자를 위하여 기도하라.'는 그리스도의 말씀을 지키기 때문이다. 나사렛파의 소박한 농부들은 온갖 고통을 참으며 신앙의 확고함을 보여줌으로써 박해자들을 종종 놀라게 한다. 예를 들어 그들은 신병뿐만 아니라 이미 병역의무를 마친 후 나사렛파의 사람들에 의하여 조직된 그러한 것에 가입한다. 그러나 군사훈련에 소집될 경우 그들은 손에 무기 잡기를 거부한다. 그 때문에 그들이 종신형에 처해졌음을 알게 되면 곧 주인에게 찾아가 자기의 아내가 혼자 살아갈 수 있는 대책을 세워줄 것을 부탁한다. 그리고 가족과 영원한 이별을 한다. 가족들도 대개는 그 수난을 양해한다.

그렇게 하여 최근에 바치카 출신 이오가 라도바노프는 부다페스트의 제6연대 제6중대에 예속되어 있으면서 자신의 신앙이 그것을 허용하지 않는다고 무기 들기를 거부했다. 재판은 2년의 금고형을 선고했다. 그의 맏형은 1894년에 금고형을 선고받고 벌써 10년이나 갇혀 있는 것이다. 이 두 형제의 어머니는 아들을 면회하러 갔으나 거절당하고 감옥 마당에 나와 울고 있었다. 그때 창문으로 아들이 얼굴을 내밀고 있다는 것을 알고 그에게 소리쳤다.

"사랑하는 내 아들아! 신을 위하여 총을 들지 말아라!"

1895년 8월 말에 세게딘의 예비병이 소집되었다. 예비병들에게 총이 지급되자 그 중 두 사람은 나사렛파의 신앙이 그것을 허용하지 않는다 하여 총을 받으려고 하지 않았다. 오루치바리 대령은 신은 전쟁을 좋아하며 지금 곧 전쟁하러 가는 것도 아니고 훈련 연습을 하러 가는 것으로 피를 흘리는 것도 아니라고 그들을 설득했다. 그러나 두 나사렛파 사람은 이렇게 대답했다.

"그러나 우리들은 사람들을 죽이는 것을 배우는 훈련에 끌려가고 있는 것이다."

대령은 그들을 협박으로 복종시키려고 했다. 대령은 지난해 가을에도 똑같은 말을 한 나사렛파의 신도가 있었는데 그 때문에 17년의 요새 금고형을 받았다고 하면서 타일렀다.

"우리들에게 총살형을 달라. 그러나 신의 규범은 어길 수 없다."

나사렛 교도들은 조용히 말했다. 거기에 있던 예비병들은 두 사람의 가족에게 찾아가 그 이야기를 알려 주었다. 두 사람의 부인은 아직 그 종파에 가입하지 않은 여인들이었으므로 울면서 찾아와 권력에 복종하라고 남편에게 애원했다. 대령은 하는 수 없이 우선 그들을 미결수로서 10일간의 중영창에 금고 하도록 명령했다. 그들은 끌려가면서 눈물을 흘리고 가족과 헤어졌다.

"부디 안녕하시오. 우리들은 신을 위하여, 신성하고 깨끗한 마음을 위하여 산 채로 매장되는 것이다. 왜냐하면 사람들은 신의 천사처럼 되어야 하기 때문이다."

프랑코 노바크는 타메시바르의 연대에서 병역을 치러야 했다. 다른 보충역들과 함께 연습장에 불려나갔을 때 그는 무기 들 것을 거부했다. 노바크의 주위에서 소란이 일어난 것을 보고 훈련 사령관이 와서 무슨 일이냐고 물었다. 상세한 내용이 보고되었다. 사령관은 부드럽게 노바크에게 왜 무기를 들지 않느냐고 물었다. 노바크는 주머니에서 작은 성경을 꺼내며 말했다.

"국가는 이 책을 인쇄할 것을 허락하고 또 이 책에 기록된 교훈대로 생활하는 것을 금하지 않고 있습니다. 그리고 또 이 책에는 이웃을 자신처럼 사랑하라. 신의 가르침에 따르려고 하는 자는 무기를 사용하지 마라고 씌어 있습니다."

사령관은 잠자코 노바크의 말을 듣고 있다가 이윽고 다음과 같이 말했다.

"그러나 책에는 '가이사의 것은 가이사에게 하나님의 것은 하나님에게' 라고 씌어져 있지 않은가?"

노바크는 처음에는 어리둥절하여 잠자코 있다가 마침내 군모, 군기, 군복을 벗었다.

"이 모든 것은 황제의 것입니다. 나는 그의 것을 모두 돌려 드립니다."

1897년에 코긴다 시의 공증인에게 아주 허름한 차림의 노인이 찾아왔다. 그 노인은 48년의 상이연금 증명서를 가지고 있었다.

"공증인 나으리, 이 연금을 거절하는 수속을 해 주시오."

공증인이 깜짝 놀라서 물었다.

"왜 그러십니까? 영감님, 어디서 보물이라도 발견했습니까?"

"예, 그렇습니다. 보물을 찾았고 저의 주인을 찾았습니다. 그것은 이 세상의 모두 보물보다도 귀중한 것입니다. 그 주인은 종이 무기로 얻어진 빵을 먹고사는 것을 용서하지 않으십니다."

설령 아무리 엄격한 형벌이 자기들의 정부에 의하여 가해질지라도 나사렛파의 신도는 절대로 그 신앙을 바꾸려고 하지 않는 것이다.

-베오리호프스키

12월 31일 현재

과거는 이미 존재하지 않는다. 미래는 아직 다가오지 않았다. 현재는 이미 존재한 과거와 아직 존재하지 않는 미래를 연결하는 무한히 작은 한 점이다.

1

시간이 흐른다고 그대들은 항상 불확실한 기억에 의해 말한다. 시간은 멈추어 있는 것이다. 흘러가는 것은 그대 자신이다.

-탈무드

2

시간은 우리들의 뒤에 있다. 앞에도 있다. 그러나 우리들과 함께 있는 것이 아니다.

3

나는 영과 육으로 이루어져 있다. 육체에는 모든 것이 동일하다. 왜냐하면 물질적인 것은 어떠한 것도 구별하는 능력이 없기 때문이다. 영에 있어서는 영에서 생겨나지 않는 모든 것은 동일하다. 왜냐하면 영적인 생활이 자립하고 있기 때문이다. 그러나 영의 생활은 과거와 미래에 있어서 아무런 의미도 가지고 있지 않다. 그 중요성은 오직 현재에 집중되어 있는 것이다.

-아우렐리우스

4

시간의 개념은 가장 큰 환상이다. 시간은 우리들이 그것을 통해서 사상이나 생활을 이해하고 있는 내면적인 프리즘에 불과하다. 그 시간 아래서 우리들은 초시간적인 것, 즉 관념 속에 존재하는 그 무엇을 항상 보고 있는 것이다. 눈은 둥근 공을 단번에 다 볼 수는 없으나 둥근 공은 존재하고 있는 것이다. 공이 눈앞에서 회전한다든가 눈이 공의 주위를 돌든가 그 어느 하나의 경우뿐이다.

첫째 경우는 이 세계가 시각 속에서 회전하고 있든지 또는 회전하고 있는 듯한 때이다. 둘째의 경우는 분석하고 끊임없이 바뀌고 있는 우리들의 사상이다. 가장 고상한 이성에는 시간이란 존재하지 않는다. 미래 곧 현재이다. 시간과 공간이란 것은 그것이 방편으로서 유한한 존재라고 생각하는 무한한 것의 단편에 불과한 것이다.

—아미엘

5

과거를 기억하기보다는 미래를 예견하는 것이 쉬운, 그러한 총명한 존재를 상상할 수 있다. 벌레와 같은 미물들의 본능 속에도 그들이 과거보다 미래에 의하여 이끌림을 받고 있음을 우리들로 하여금 생각하게 하는 무엇인가가 존재한다. 만일 동물이 과거의 기억과 같이 미래에 대한 예견을 가지고 있다면 우리들보다 나은 존재라고 하지 않을 수 없을 것이다. 사실에 있어서 미래에 대한 예견력은 항상 과거에 관한 기억과 반대의 입장

속에 있는 것이다.

–리히텐베르크

6

우리들의 마음(정신)은 육체 속에 담겨져 있어서 시간, 수(數), 크기 따위를 아는 것이다. 우리들의 정신은 이것을 판단하여 이것을 자연이라, 또는 필연이라 부르고 있다. 그밖에는 생각할 방도를 가지고 있지 못하는 것이다.

–파스칼

시간은 존재하지 않는다.
존재하는 것은 무한히 작은 현재뿐이다.
바로 그 속에서
생활은 이루어지고 있는 것이다.
그러므로 인간은 온 정신력을 오직 현재에만 집중시켜야 한다.

Lev Nikolaevich Tolstoi

1월

Winter

January

독서

지식에 있어서는 많은 양보다 적을지라도 좋은 것을 선택함이 중요하다. 참으로 바르고 필요한 것을 아는 것이 좋다.

1

그대의 서재 안에 어떤 책들이 있는가를 살펴 보라. 수천 년 동안 온갖 문명을 이끌어온 가장 현명하고 가장 훌륭한 위인들과 만날 수 있을 것이다. 그들은 고독을 즐기는 은둔자들이며 소란한 것을 싫어하고 예의범절을 지키는 데 있어서도 까다롭기 그지없어서 그대와 동떨어진 인격체일 수도 있다. 그러나 그들이 가장 아끼는 벗에게도 털어놓지 않았던 위대한 사상이 세대를 달리한 낯선 우리들을 위하여 낱낱이 기록되어 있다고 생각해 보라. 우리는 책을 통해서 고도의 지적 성과물을 얻게 되는 것이다.

—에머슨

2

우리들은 지식을 되새김질 할 수 있어야 한다. 많은 양의 지식을 머릿속에 집어넣는 것으로 만족해서는 안 된다. 아무리 이로운 지식이라도 되풀이하여 자기 것으로 만들지 않는다면 그 책들은 우리에게 아무런 힘과 영양분이 되지 못할 것이다.

–로크

3

닥치는 대로 책을 읽거나 쓸데없이 잡다한 지식으로 머릿속을 어지럽히지 마라. 진실로 자신에게 피가 되고 살이 되는 그 무엇을 얻고 싶다면 좋은 책을 가려 읽어야 한다. 이것저것 가리지 않는 마구잡이 독서는 오히려 두뇌를 망칠 뿐이다. 그러므로 항상 명성이 있는 책을 읽어라. 때로는 다른 종류의 책을 읽고 싶은 충동이 일어날지라도 다시 처음 책으로 되돌아가기를 잊지 마라.

–세네카

4

좋은 책을 발견하면 만사를 제쳐놓고서라도 꼭 읽어라. 그렇지 않으면 끝내 읽지 못할지도 모른다.

–소로

5

독서는 자기 사상의 원천이 고갈되었을 때만 하는 것이 좋다.

사상의 고갈은 가장 지혜로운 사람들도 흔히 겪는 현상이다. 그러나 간혹 목적 없는 독서로 아직은 굳건하게 뿌리내리지 못한 자기 사상을 잃어버릴 수도 있다. 그것은 자기 정신에 죄를 범하게 하는 것과 같다.

–쇼펜하우어

6

인생은 항상 불가피하게 속된 무리의 인간들과 대면하게 된다. 그들은 파리 떼와 같이 가는 곳마다 모든 것을 더럽히고 있다. 인간의 정신을 파괴하는 악서(惡書)가 난무해 문학에 있어서도 인생에서와 같은 일이 허다하다. 그와 같은 문학은 좋은 싹을 망쳐 버리는 깜부기와 같은 무익한 수확을 가져온다. 악서는 선택된 과제와 성스러운 문제의 해결을 위해 집중되어야 할 시간과 금전을 빼앗아 갈 뿐 아니라 해독을 끼치기까지 한다. 저속한 문학의 홍수가 무지한 민중의 호주머니에서 돈을 긁어내려는 목적으로 출판되고 있지는 않은가?

이보다 더 유독하고 불량하며 비양심적인 속임수를 뜨내기 작가들이 저지르고 있다. 여기 저기에서 조금씩 표절하여 독자의 취미를 혼란시키고 참된 교양을 무디게 하고 있다. 이 같은 파멸을 막기 위해서는 첫 출판이면서 마지막 출판으로 끝나버리는 그따위 책은 읽지 말아야 한다는 것이다. 물론 어리석은 독자를 위한 작가는 많은 독자를 얻는다는 사실을 인정하지 않을 수 없다. 그러나 인간은 모든 시대와 모든 국가의 현인들과 민중 속에 있는 천재와 성자들이 남긴 불멸의 교훈이 담긴 서적들을 읽어야 한다. 이러한 저자들만이 민중을 교화시킬 수 있기 때문이다. 악서는 아무리 적게 읽는다 해도 적다고 말할 수 없고 양서는 아무리 많이 읽는다 해도 많이 읽는다고 말할 수는 없다. 악서는 정신에 독이 되고 머리를 둔하게 한다. 그럼에도 저속한 대중들은 모든 시대의 양서를 멀리 하고 현대 문학의 최신 작품에만 정신을 팔고 있다.

—쇼펜하우어

육체를 좀먹는 독약과 정신을 망치는 독약은 차이가 있다.
육체를 좀먹는 독약은 대개는 그 맛이 쓰고 불쾌한 것이지만
정신에 해를 끼치는 독약은 그 맛이 곧잘 사람을 현혹시킨다.
사악한 것은 항상 매혹적인 모습으로 다가오게 마련이다.

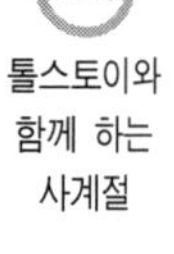

1월 2일 신앙

미신 중에서도 가장 어리석은 것은 인간은 신앙 없이도 살아갈 수 있다고 믿고 있는 과학자들의 미신이다.

1

어느 시대에서나 인간은 항상 이 땅에 살고 있는 스스로의 존재 이유를 알고자 한다. 종교는 인간의 근원적인 물음에 대한

공통의 진리를 일깨워주는 것이다. 종교는 결국 하나의 공통된 근원, 공통된 인간 문제, 공통된 궁극적 목적을 가지고 있는 모든 인간을 형제와 같이 결합시키는 그 연관성을 밝혀 주기 위하여 나타난 것이다.

-마치니

2

진실한 종교란 인간의 내면에 자리한 영원을 추구하는 마음과 무한한 세계와의 관계, 즉 인간 생활을 무한한 것과 결합시켜 광명으로 인도하는 그런 관계이다.

3

모든 종교의 본질은 무엇 때문에 내가 존재하며 나를 둘러싼 무한한 세계와는 어떤 관계가 있는가에 대한 분명한 해답을 제시함으로써 성립되어진다. 가장 고차원적인 것에서부터 가장 어리석은 것에 이르기까지 무릇 어떠한 종교일지라도 그 근본은 인간을 에워싸고 있는 무궁무진한 시공과 결합시키며 인간의 제1원인에 대한 관계의 수립을 가지고 있음이 분명하다.

4

종교는 인간 교육에 있어서 가장 고귀한 행위자이며 문화의 가장 위대한 힘이다. 그러나 종교의 형식만을 강조한 정략적이며 이기적인 행동은 인간성의 진보에 중대한 장해가 된다. 종교의 본질은 영원성과 신성이며 언제 어디서나 인간의 마음을 충만케 해주는 것이다. 모든 종교의 깊은 곳에는 인간에게 주어진 신의 말씀이라는 오직 하나의 영원한 계시가 흐르고 있다. 모든 종교의 근본적 본질은 이웃에 대한 사랑이다.

-모리스 프뤼겔

5

종교를 성립시키는 것은 신의 계시에 관한 특수한 연구가 아니라 신이 우리에게 부여한 많은 의무이다. *-칸트*

신앙이 없는 인간 생활은 금수(禽獸)의 생활이다.

1월 3일 사명

우리들의 사명은 신의 뜻을 성취하고 신의 사업을 완성시키기 위하여 있다. 우리들 모두는 신의 사명을 가지고 있으나 그 사명이 무엇에 있는지 알 수 없다. 그러나 어떻게 하면 그 사명을 깨달을 수 있을 것인지조차 모르고 살아갈 수는 없는 것이다.

1

나더러 주님, 주님하고 부른다고 다 하늘 나라에 들어가는 것이 아니다. 하늘에 계신 내 아버지의 뜻을 실천하는 사람이라야 들어간다.

–성경

2

만일 불을 붙일 힘이 없다면 그것을 끌 힘도 없게 마련이다.

3

건전한 지혜의 법칙을 아는 자는 그것을 사랑하는 자보다 못하고, 그것을 사랑하는 자는 그것을 행하는 자보다 못하다.

–공자

4

그대는 마땅히 해야 할 일을 다 했는가? 이는 매우 중요한 문제이다. 왜냐하면 그대에게 주어진 짧은 인생의 유일한 의의는 그대를 지상으로 보내신 신께서 그대에게 부여한 임무를 충실히 수행하는 데 있기 때문이다. 그대는 그것을 충실히 수행하고 있는가?

–탈무드

5

지상과 천국 사이에는 모순이 존재하지 않는다. 만일 신의 창조물인 지상이 악과 이기주의와 폭력으로 가득 찬 곳이라고 생각한다면 그것은 신에 대한 모독이다. 지상은 정죄의 자리가 아니다. 지상은 진리와 정의라는 이상을 위하여 모든 사람의 마음 속에 품고 있는 희망의 싹이 이상(理想)으로 실현되기 위해 힘써야 할 고장이다.

–마치니

6

정직하고 올바르게 사는 것은 인간으로서 당연히 갖춰야 할 덕목이다. 이 덕목은 그 결과로써 천국에 들어갈 수 있느냐 없느냐 하는 문제를 떠나서 반드시 지켜야 하는 인간의 사명이다.

–존 러스킨

삶의 목적이 그대의 행복이라고 생각하라.
그러면 참혹한 현실도 별것 아님을 깨닫게 될 것이다.
어려운 때일수록 머리는 차갑게, 심장은 따뜻하게 가질 일이다.
인생은 그대를 세상에 보내주신 신에 대한 봉사임을 알라.
그러면 인생은 존엄하고 끊이지 않는 기쁨이 될 것이다.

1월 4일 결합

비록 우리가 원치 않는다 하더라도 우리들 자신은 세상의 모든 것들과 연결되어 있다. 사상이나 지식의 교류, 특히 타인과의 관계는 우리들 자신과 이 세계를 결합시키는 분명한 매체이다.

1

선량한 사람들은 서로 의심하는 일 없이 상부상조한다. 그러나 악한 사람들은 서로가 서로를 이간시킬 궁리만 한다.

–중국 격언

2

사람은 저마다 짊어지고 가야할 무거운 짐이 있고 결점이 있게 마련이다. 그러므로 누구도 남의 도움이 없이는 살아갈 수 없다. 우리들은 서로가 돕는 가운데 의지하고 위로 받는 존재들이다.

3

우리들이 살고 있는 이 세계는 다수의 사람들이 공동으로 일함으로써 많은 사람이 제각기 일하는 것보다 훨씬 더 많은 것을 창조할 수 있어야 한다. 그러나 이것은 결코 다수의 사람이 본질적으로 한사람의 노예가 되어야 한다는 말은 아니다.

–헨리 조지

덕이 있는 사람은 부덕한 사람의 스승이다.
부덕한 사람은 매사를 스승에게 배워야 한다.
스승의 가르침을 하찮게 여기거나 배움을 소홀히 하는
사람은 아무리 영리해도 큰 실수를 범하는 법이다.

1월 5일 말(言)

사람으로 가득 찬 건물 안에서 누군가 "불이야!"하고 외쳤다고 상상해 보라. 순식간에 대혼란이 벌어져 수 천명의 사상자가 날 것이다. 한마디의 말이 끼치는 해독은 이렇듯 무섭다. 우리들이 실수한 말 한마디로 인해 일생을 망치는 사람을 우리 눈으로 보지 못한다 해도 그 말의 해독의 크기는 마찬가지이다.

1

총에 맞은 상처는 치료할 수 있어도 사람의 말에 맞은 상처는 결코 아물지 않는 것이다.

–페르시아 잠언

2

우리가 다 실수가 많으나 만일 말에 실수가 없는 자라면 곧 온전한 사람이다. 능히 온 몸도 굴레 씌우리니, 우리가 말(馬)을 순종케 하려고 그 입에 재갈 먹여 온 몸을 어거하며, 또 배를 보라. 그렇게 크고 광풍에 밀려가는 것들을 지극히 작은 키로 사공의 뜻대로 운전하나니, 이와 같이 혀도 작은 지체로되 큰 것을 자랑하도다. 보라! 작은 불이 어떻게 많은 나무를 태우는가를. 혀는 곧 불이요, 불의 세계라. 혀는 우리의 지체 중에서도 온 몸을 더럽히고 생의 바퀴를 불사르나니 그 사르는 것이 지옥불에서 나느니라. 너희 중에 지혜와 총명이 있는 자가 누구뇨. 그는 선행으로 말미암아 지혜의 온유함으로 그 행함을 보일지니라.

–성경

3

남이 나를 욕하는 소리를 들어도 분개하지 마라. 아첨의 말을 듣고 기뻐하지도 마라. 오직 덕이 있는 사람의 말에만 귀를 기울이라. 덕이 높은 사람의 행실을 보며 본받기 위해 기꺼이 노력하라. 선한 일이 나타나면 진심으로 기뻐하라. 정의의 원천이 널리 전파되는 것을 기뻐하고 이 세상에 선한 일이 더해질 때마다 기뻐하라. 그러나 인간의 악행을 하나라도 들을 때에는 진정으로 아픔을 느껴라.

–중국 잠언

4

논쟁하는 사람들 틈에 끼어 들지 마라. 아무리 하잘 것 없는 문제일지라도 격정과 흥분을 경계하라. 격정은 결코 현명한 것이 못된다. 무엇보다도 정의에 대하여 그렇다. 왜냐하면 격정은 사람의 눈을 어둡게 하고 그 마음을 어지럽게 하기 때문이다.

—고골리

사람들의 일치에 파괴자가 될까 두려워하라. 말로써 서로를 배반하게 하고 나쁜 감정을 일으키게 하는 일을 두려워하라.

1월 6일 선한 일과 악한 일

선한 일을 하도록 노력함이 필요하다. 그러나 좋지 못한 일을 하지 않도록 애쓰는 것은 더욱 필요하다. 정욕을 억제함에 힘을 쏟는 것은 더욱 더 필요하다.

1

덕을 이루려면 무엇보다 자신을 억제할 줄 알아야 한다. 자신을 억제하는 습성은 어릴 때부터 습관이 되어 있어야 한다. 많은 덕을 갖춘 사람에게는 자신을 억제하지 못할 것은 아무 것도 없다.

—노자

2

사람을 그토록 매혹시키는 모든 것, 그리고 그것을 얻으려고 그렇게 흥분하고 골몰하는 모든 것들은 조그마한 행복조차도 가져다 주지 못한다. 어떤 한 가지에 정신 없이 몰두할 때 사람들은 자신이 좇는 것에 행복이 있다고 믿어버린다. 그러나 그것을 얻자마자 또 다시 자기가 가지지 못한 것을 얻고자 열중하며 시기하고 슬퍼하기 시작한다. 사람들은 자기의 욕망이 이루어졌을 때 마음의 자유를 얻는 것이 아니라 그러한 욕망을 과감히 던져버릴 때 진정한 자유를 얻는다. 만일 내가 말하는 바가 진실임을 증명코자 하거든 그대가 지금까지 보잘 것 없는 욕망을 얻고자 허비한 노력의 절반이라도 용감하게 없애려고 노력해 보라. 그대는 그로 인해 오히려 더 많은 마음의 평화와 행복을 얻을 수 있음을 깨닫게 될 것이다.

–에픽테투스

3

나중까지 견디는 자는 구원을 얻으리라.

–성경

4

시련을 참고 견디는 자에게 은총이 있으리라. 신은 모든 사람들에게 시련을 내린다. 어떤 자는 재물로, 어떤 자는 빈곤으로, 재물이 있는 자는 그 재물을 필요로 하는 자에게 인색하지 않은가, 가난한 자에게는 순수하고 불평 없이 스스로 고뇌의 운명을 견디고 있는가를.

—탈무드

5

가장 신뢰할 수 있는 마부란 사나운 말을 대하건 순한 말을 대하건 자신의 노여움을 억제할 줄 아는 사람이다.

—불경

6

정신의 평온 상태를 유지하는 경험을 거듭할수록 의지력은 한층 더 증가되는 법이다.

—아우렐리우스

억제해야 하는 줄 알면서도
번번이 정욕에 사로잡히더라도 낙심하지 마라.
고뇌에 찬 경험을 통해서 정욕의 힘은 약해지고
극기심은 점차 강해지는 것이다.

1월 7일 인간의 의무

사람과의 관계에 있어서 선(善)을 지키는 것은 인간의 의무이다. 만일 그대가 타인에 대하여 선으로 대하지 못한다면 그대는 악(惡)인 것이다. 또 나의 악으로 말미암아 그 사람에게도 악이 눈뜨게 될 것이다.

1

비록 그가 비천하고 가련하다고 할지라도 멸시하는 마음을 갖지 마라. 비웃음을 받아야 마땅한 사람일지라도 그 사람의 인격을 무시해서는 안 된다. 누군가를 비난하고 싶거나 모략하려는 마음은 처음부터 잘라버려라. 모든 사람들의 인격 속에 존재하는 것을 알며 영원한 법칙의 결과로 얻은 불멸의 것을 발견함이 중요하다. 가장 불량한 인격의 소유자를 만났을지라도 '세상에는 이처럼 추악한 존재도 필요하거든' 하고 생각해야 한다. 만일 우리가 그러한 사람을 적대시한다면 우리들은 불의를 범할 뿐 아니라 그와 같은 불법한 사람에게 삶이 아니라 죽음의 투쟁을 도전케 하는 결과가 될 것이다. 어떠한 사람일지라도 자기의 개성, 즉 성격, 능력, 자질, 혹은 용모를 다시 고쳐 만들 수는 없지 않는가? 그러므로 우리가 사람들과 더불어 살아가기 위해서는 모든 인격에 내재하는 개성을 비난하지 않고 다만 조용히 견딜 수 있는 힘을 길러야 한다.

–쇼펜하우어

2

유혹을 뿌리치지 못한 사람을 가혹하게 대해서는 안 된다. 오히려 그를 위로하고 격려하도록 힘써라. 그대 자신이 남에게 위로 받고 싶었던 때가 있었던 것처럼.

3

오늘 할 수 있는 일을 내일로 미루지 마라. 스스로 할 수 있는 일을 남에게 시켜서도 안 된다. 값이 싸다고 해서 필요치 않은 것을 사서도 안 된다. 긍지는 의식주에 필요한 모든 것보다 더 고귀하다. 분수에 맞는 일을 해서 후회하는 경우는 드물다. 우리들은 뜻대로 이루어지지 못한 일을 얼마나 후회했던가? 그러나 후회란 지나간 일에 대해서만이 할 수 있는 것이다. 화가 나면 10까지 세어라. 더욱 화가 나면 100까지 세어라. *-제퍼슨*

4

그 어떤 사람도 업신여기지 마라. 이웃에 대한 비난이나 모략하려는 마음은 처음부터 뽑아 버려라. 남의 행위나 언사(言辭)는 진솔한 마음으로 해석하라. 항상 진실성을 가지고 자기보다는 남과 어울려라.

친절은 인생을 즐겁게 한다. 그리고 온갖 배반을 해결해 주기도 한다. 얽힌 것을 풀어주고 어려운 일을 수월하게 해결해 주며 암담한 것은 기쁨으로 바꾸어 준다.

가난한 사람들

폭풍우가 몰아치는 음산한 밤이었다. 가난한 어부의 오두막집에서 제니는 난로 곁에 앉아 너덜너덜 떨어진 헌 옷을 깁고 있었다. 바람의 외침소리, 짐승이 울부짖는 듯한 파도소리, 유리창을 후려치는 빗방울 소리들이 제니의 귓전에 끊임없이 울려 왔다. 폭풍우가 한창인 바깥 날씨와는 아랑곳없이 가난한 어부의 오두막집은 포근하고 아늑하다. 바닥은 흙바닥 그대로이나 깨끗하고, 난로에는 마른 나뭇가지가 소리를 내면서 타고 찬장에는 깨끗이 씻은 접시들이 가지런히 얹혀 있다. 한쪽 구석에는 흰 시트를 씌운 낡은 침대가 놓여 있다. 침대에는 아무도 누워 있지 않지만 바닥에 깔아 놓은 커다란 이불 위에는 아이들 다섯이 바깥의 험한 날씨와는 상관없다는 듯이 쌔근쌔근 잠들어 있다.

제니의 남편은 지금 바다에 나가 있다. 어부이기 때문에 이렇게 어둡고 험한 날씨, 사나운 밤에도 바다에 나가는 것이다. 이런 밤에 바다에 나가는 것은 두려운 일이지만 그렇다고 해서 달리 뾰족한 방법이 없다. 제니는 파도와 바람의 아우성에 귀를 기울이고 있다. 가끔 갈매기의 처량한 울음소리가 들려 오기도 한다. 비는 더욱 사정없이 내리쳤다. 제니는 마음이 더 괴로워졌다. 그녀의 눈에는 난파선의 무서운 장면이 떠올랐다. 배는 암초에 부딪쳐 산산조각이 나고 사람들은 파도에 휩쓸려 안간힘을 쓰고 있는……

'아, 너무 무서워!'

낡은 괘종시계가 쉰 목소리로 부지런히 똑딱거린다. 어린것들은 여전히 평화롭게 잠들어 있다. 제니는 생각에 잠긴다. 살아간다는 것이

정녕 수월한 일이 아니다. 남편은 자기 몸을 깎아 내듯 해서 가족을 부양했다. 폭풍우와 추위를 무릅쓰고 바다에 나가서 다가오는 위험에 몸을 내맡기고 있다. 그녀도 아침부터 밤늦게까지 쉴새없이 일하고 있다. 그런데 이렇게 근근히 연명해 간다는 것이 과연 훌륭한 일인가? 어린 자식들은 여름이나 겨울철 할 것 없이 맨발로 뛰어 다닌다. 흰빵은 엄두도 못 낸다. 귀리밥이라도 거르지 않고 먹는 것이 고마운 일이다. 하긴 가끔 생선은 먹는다. 아무튼 어린것들이 아무 탈 없이 튼튼히 자라주는 것도 하나님의 은총이다.

'아, 어쩌면 저렇게 파도와 바람이 사나울까? 그이는 지금 어디에 계실까? 하나님 그이를 보호해 주시고 은총을 주시옵소서!'

잠자리에 들기는 아직 이르다. 제니는 일어나서 두툼한 외투를 걸치고 등불을 들고 밖으로 나갔다. 남편이 돌아오는지, 바다가 조금 잠잠해졌는지, 등대는 켜져 있는지를 살피기 위해 나온 것이다.

어두웠다. 비는 억수같이 퍼붓고 있었다. 동네 어귀 바닷가에는 낡아서 반쯤 무너진 오두막이 있다. 벽은 썩어 검었고 낡은 문짝은 겨우 붙어 있기만 했다. 바람이 몰아칠 때마다 문짝은 삐걱거렸다. 여기서는 더 사나운 듯한 바람이 초라한 오두막을 삼켜 버릴 듯 했다. 문짝은 애처롭게 울고 지붕 위의 썩은 지푸라기는 마치 구원을 청하듯 바스락거렸다.

제니는 오두막 앞에 걸음을 멈추고 찌그러진 창문으로 안을 들여다보았다. 안은 아주 컴컴했다.

'참 불쌍한 환자를 돌봐 주어야 하는데 깜박 잊었구나! 밤이면 고통이 심해진다고 했는데. 정말 저 분은 아무도 도와줄 사람이 없는 외로운 사람이야.' 하고 제니는 생각했다. 그래서 제니는 문을 두드리고 귀를 기울였지만 아무런 기척도 없고 대답도 없었다. 제니는 문 앞에 서서 곰곰이 생각해 보았다.

'가엾어라! 제 손으로 어린것들을 돌봐야 할 텐데 병에 걸리다니! 무슨 운명인가? 둘째를 가지면서 과부가 되었으니 모든 게 제 몸 하나에 달려 있는데 몸저 누워 버렸으니……!'

제니는 몇 번이고 문을 두드렸으나 역시 대답이 없었다.

"이봐요, 여보세요?"

제니는 소리쳐 보았다.

"그럼 좋아요. 주무시면 그냥 가겠어요."

바람은 조금도 수그러지지 않았다. 제니는 추위와 비에 젖어 온 몸이 떨려 왔다. 집으로 돌아가려고 막 발길을 놀렸을 때 별안간 외투를 빼앗을 듯한 거센 바람이 몰아쳤다. 그녀가 문에 부딪치자 문이 덜컹 열리고 말았다. 그래서 제니는 안으로 들어갔다. 그녀의 손에 들려있는 등불이 컴컴하고 고요한 집안을 어슴푸레 비춰 주고 있었다. 집 안이라 해도 바깥이나 다름없이 축축했고 침침하니 추웠다. 오랫동안 불을 땐 일이 없음을 짐작할 수가 있었다. 천장 구석구석에서 비가 새고 있었다.

문을 등진 맞은 편 벽에는 지푸라기가 지저분하게 쌓여 있고 그 위에 과부가 누워 있었다. 머리는 뒤로 제쳐져 있고 싸늘하고 창백한 얼굴은 입을 벌린 채 고통과 절망의 표정을 짓고 있었다. 무엇인가 잡으려는 듯 벌린 손은 맥없이 지푸라기 위에 드리워져 있었다.

어미의 시체 발치에는 얼룩진 포대기 속에 어린것들이 있었다. 야윈 얼굴이기는 하나 곱슬머리에 예쁜 얼굴을 한 어린것들이 금발 머리카락을 서로 비비며 고요히 잠들어 있었다. 죽음이 다가오는 줄도 폭풍우의 요란함도 모르는 듯이 어미는 죽어가면서도 자기 옷을 어린것들에게 덮어 주는 것을 잊지 않은 모양이다. 한 아이는 통통하고 작은 손을 싸늘해진 엄마의 젖가슴에 얹고, 다른 아이는 형의 목에 귀여운 얼굴을 맞대고 있었다. 어린것들의 숨소리는 조용하고 평화스러웠다.

그 무엇도 그들의 잠을 깨울 수 없을 만큼 깊고 평화스럽게 자고 있었다. 그러나 폭풍우는 점점 거세졌다. 천장에서 떨어지는 빗방울이 죽은 어미의 이마 위에서 뺨으로 흘러내렸다. 그것은 마치 비탄에 겨워하는 홀어머니의 눈물과도 같았다.

제니는 줄달음쳐서 집으로 돌아왔으나 무엇인가를 외투 속에 감춘 듯 했다. 그녀의 심장은 몹시 뛰었다. 누가 뒤를 쫓아오는 것만 같았지만 뒤를 돌아볼 수 없었다. 그녀는 죽은 사람 집에서 무엇인가를 훔쳐 온 것이 아닐까? 집으로 돌아오자 제니는 가져온 물건을 황급히 침대 위에 놓고 이불로 덮어놓고 의자를 가져다가 침대 곁에 주저앉았다. 그리고 침대 끝에 이마를 대고 엎드렸다. 그녀는 새파랗게 질리고 흥분해 있었다. 그녀는 양심에 찔려 자책하고 있었다. 흐느끼며 이따금 신음소리를 냈다.

'그이가 무엇이라고 할까? 도대체 어쩌자고 이런 짓을 했담…… 다섯 아이들 치다꺼리에 시달려 가면서…… 아, 나는 바보야…… 그이가 돌아 오셨을까? 나는 야단 맞을 만한 짓을 저질렀어……'

문소리에 놀라 제니는 몸을 부르르 떨며 의자에서 일어났다.

'아니었구나! 하나님 어쩌면 저는 이런 짓을 했을까요? 이런 짓을 저지르고 어찌 그이의 눈을 바로 쳐다볼 수 있을까요?'

아무도 오지 않았다. 제니는 생각에 잠겨 오랫동안 침대 곁에 말없이 앉아 있었다. 갖가지 상념이 머리를 괴롭혔다. 먼동이 터 오기 시작했다. 그러나 여전히 바람은 울부짖고 바다가 합세하여 기승을 부리고 있었다. 별안간 문이 열렸다. 신선한 습기를 띤 바닷바람이 집안에 확 풍겼다. 구릿빛 피부의 훤칠하게 키가 큰 어부가 소금물에 절고 찢어진 그물을 끌고 오두막집 안으로 들어왔다.

"제니, 지금 돌아왔소."

"아- 네. 지금 오셨군요."

제니는 대답했으나 일어선 채 고개를 들지 못했다.

"정말 사나운 밤이었어. 고약한 날씨야."

"아주 무서운 날씨였어요. 많이 잡았나요?"

"틀렸어! 아무것도 잡히지 않았어. 그물만 찢기고…… 말도 마. 정말 지독한 폭풍우였어. 지난밤에 만난 폭풍우는 생전 처음이야. 악마같이 울부짖으며 배를 가지고 놀았단 말이야. 밧줄이 끊겨 금방 배와 함께 바다 속으로 빠지는 줄 알았어. 그래도 목숨이 길어서 살아오긴 했지만…… 그래, 당신은 무엇을 하고 있었소?"

어부는 그물을 안에 끌어 들여놓고 난로 옆에 앉았다.

"저요?"

제니는 새파랗게 질려 되물었다.

"저는 여기 앉아서 뜨개질을 하고 있었어요. 바람 소리가 어찌나 무섭게 울어대는지 혼자 있는 게 무서웠어요. 저는 당신이 걱정되어……"

"그렇겠지. 정말 지독한 바람이었어. 그래서 어떻게 했어?"

남편은 중얼거리듯 말했다. 두 사람은 한동안 말이 없었다. 마침내 제니는 떨면서 큰 죄를 저지른 사람처럼 머뭇거리며 말을 시작했다.

"여보, 시몬 아주머니가 죽었어요. 언제 죽었는지는 정확히 알 수 없지만 아마 엊저녁 당신이 그 집을 다녀온 뒤일 거예요. 죽음이 임박했을 때는 무척 괴로웠을 거예요. 어린것들을 생각하면 바로 눈을 감을 수가 없었을 테니까요. 젖먹이 둘을 두고 죽었으니……"

제니는 그만 입을 다물었다. 어부는 말없이 눈만 깜빡거렸다. 선량하고 순박하게 생긴 그의 얼굴은 엄숙한 빛을 띠고 표정은 심각해졌다.

"참 안됐군, 딱한 일이야."

그는 견디다 못해 뒷머리를 긁으면서 말했다.

"어째야 된단 말인가? 우선 어린것들을 데려와야지. 잠이 깨면 엄마를 찾을 테니까. 그러니 빨리 가서 데려와요."

그러나 제니는 일어나려고 하지 않았다.

"왜 그러고 있어요! 어린것들을 데려오는 것이 싫단 말인가? 제니, 왜 그래요!"

제니는 일어났다. 그리고는 아무 말 없이 남편의 팔을 끌고 침대 곁으로 가 이불을 걷었다. 거기에는 죽은 홀어미의 두 어린것들이 평화스러운 모습으로 포근히 잠들어 있었다.

–빅토르 위고

1월 8일 기독교의 가르침

기독교의 가르침은 아무리 어린 자라도 스스로의 생각으로서 이해할 수 있을 만큼 논리 정연하다. 단지 기독교인이 아니면서 기독교인처럼 행동하며 남에게서 기독교인이라는 말을 듣기를 바라는 자는 난해하게 생각될 따름이다.

1

종교를 위해 자기 자신을 헌신하는 사람은 어둠을 밝히는 등불과 같다. 이런 사람이 있음으로 해서 어둠은 순식간에 사라지고 밝아질 것이다. 성현의 도(道)를 구함에 있어서는 집요해도 좋다. 진리의 계시를 얻기 위해서는 탐욕스러워도 좋다. 그렇게 하면 반드시 밝은 빛이 그대의 마음 속 구석구석까지 비쳐 주리라.

—붓다

2

민중을 염두에 두지 않는다면 큰 의무의 계약은 어떻게 된 것인가? 실로 그것에 의하여 사회가 유지되고 진실로 그것에 의하여 한 나라의 위대성과 권력이 성립되고 있는 것이 아닌가? 국가가 존망의 위기에 처할 때 그것을 개선하고 부활시키는 것은 민중이 아니고 누구일까? 국가의 병폐가 중하여 멸망을 면키 어렵다면 낡은 가지 대신 새로 나올 싹은 민중 속이 아니면 도대체 어디서 살아나 올 것인가?

그러므로 예수는 민중으로 눈을 돌렸던 것이다. 민중은 예수에 대한 신의 사명을 알고 그 이름을 부르고 그 권위에 굴복하고 그 권위를 소리쳐 찬양했던 것이다. 그러나 귀족, 종교 지도자, 학자들은 그를 저주하고 죽였다. 그러나 그들의 억압이나 교활함에도 불구하고 예수는 민중 속에서 승리를 거둔 것이다. 민중은 이 현세에 그의 천국의 기초를 놓을 것이다. 그리하여 기독교는 민중 속에서 널리 발전해 나갈 것이다. 민중 속은 새로운 시대가 탄생할 것이다. 이미 자기의 종말이 가까워옴을 인식하자 공포에 사로잡혔던 과거의 권력이 그것을 말살시키려고 했던 신의 그 어린 싹이 생겨 나오리라.

–라므네

3

정신에 해를 주는 두 개의 미신을 경계하라. 그 하나는 신의 본질을 말로써 표현할 수 있다고 하는 것이며 다른 하나는 신의 능력을 과학적 해명에 의하여 밝힐 수 있다고 생각하는 과학의 미신이다.

–존 러스킨

4

예수가 최후로 주신 명령에는 그의 모든 가르침이 표현되어 있다. '내가 새 계명을 너희에게 주노니 서로 사랑하라. 내가 너희를 사랑한 것같이 너희도 서로 사랑하라. 너희가 서로 사랑하면 이로써 모든 사람이 너희가 내 제자임을 알리라.'

그는 '너희들이 이것이나 저것을 믿는다면' 이라고 말하지 않고 '만일 너희들이 서로 사랑한다면' 이라고 말했다. 믿는다는 것은 경험이나 지식이 진보해 나감과 함께 진전하고 변천해 가는 것이다. 그러나 사랑은 시간의 흐름과는 관계가 없다. 사랑은 변함 없는 것이며 영원한 것이다.

5

나의 종교는 모든 생명 있는 것이라면 그 모든 것을 사랑하는 것이다.

–코르도프스키

기독교의 진리를 터득하는 데에 있어서
그저 자신의 죄악을 없애버리는 것만으로는 불충분하다.

1월 9일 참된 지식

지식이란 기억에 의해서가 아니라 자기 사고의 노력에 의하여 얻어졌을 때만 참된 지식이 되는 것이다.

1

진정한 깨달음이란 지금까지 배워 온 것을 모두 잊어버렸을 때 비로소 얻을 수 있는 것이다. 어떤 일을 연구하려 할 때 그 일이 이전의 학자들에 의하여 이미 밝혀진 것이라고 생각한다면 털끝만큼도 그 진리에 접근할 수 없을 것이다. 어떤 일을 완전히 파악하려면 그 사물에 대해서 백지의 상태에서 출발하지 않으면 안 된다.

-소로

2

끊임없이 남의 사상을 받아들인다는 것은 자신의 사고나 사상의 샘을 마르게 하고 억눌려 버리게 되는 것이다. 남의 사상에 자리를 물려주고 스스로의 사상을 몰아낸다는 것은 예를 들어 남의 집을 방문하기 위하여 자신의 논밭을 팔아버리는 것과 같은 것이다. 셰익스피어도 그 시대의 나그네들에게 그렇게 비난한 일이 있다. 어떤 한 가지 일에 스스로 사고해 보기도 전에 그것에 관한 것을 책에서 읽어보는 것은 해롭다. 왜냐하면 새로운 소재와 함께 머리 속에 그것에 대한 남의 주관이나 남의 태도가 자리잡게 된다. 그렇게 되면 태만과 냉담이 스스로 사고하는 노력을 피하도록 속삭인다. 이러한 버릇은 곧 뿌리를 뻗기 쉽고 그 버릇이 뿌리를 내리면 사상은 운하로 들어가는 모든 시내와도 같이 그저 재래(在來)의 사상을 따라갈 뿐이다. 그렇게 되면 개성적인 새로운 사상을 발견하는 일은 갑절이나 더 어려워진다. 이것이야말로 학자 여러분에게 독창성이 부족 되는 원인이다.

-쇼펜하우어

3

지식은 통화(通貨)와 같은 것이다. 만일 어떤 사람이 수고의 대가로 금화를 얻어 그것을 빛내려고 한다면 그는 자랑을 해도 좋다. 그것이 금화가 아니라 동전 한 닢에 불과할지라도 정직하게 일해서 얻은 것이라면 그것 또한 자랑스러운 일이다. 그러나 자기는 아무 일도 아니하고 길가는 나그네가 던져준 것을 받았다면 그것을 가지고 있음을 자랑할 염치가 어디 있겠는가?

-존 러스킨

4

인간의 두뇌는 너무 일찍이 배운다든지 너무 많이 배우기보다는 아예 배우지 않는 편이 해로움이 적다.

5

위대한 사상가들의 업적은 선구자들의 책이나 전통의 계승함에 있지 않고, 그들 자신의 생활을 표현하며 전 사람들이 생각지 못한 것을 표현했다는 사실 속에 있다. 그러므로 우리 모두는 항상 섬광과 같이 번쩍이며 불타는 영광스런 사상을 바르게 파악하지 않으면 안 된다.

-에머슨

설령 독서함이 적고 배움이 적더라도 생각만은 많이 해야 한다.
스승이나 서적에서는 다만 그대에게 필요하고
그대가 알고 싶어하는 것만을 배우면 되는 것이다.

1월 10일 교화

종교적인 교화(敎化)는 교육의 기초이다.

1

누구든지 나를 믿는 이 소자 중 하나를 실족케 하면 차라리 연자 맷돌을 그 목에 달리우고 깊은 바다에 빠뜨리우는 것이 나으니라.

–성경

2

유혹의 세계는 슬프다. 그러나 유혹을 물리치고 나감이 필요하다. 그 몸에서 유혹을 가져오게 하는 자에게는 그저 슬픔이 있으라.

3

교육과 예술의 기초에는 원칙이 있어야 한다. 특히 시대를 앞서가는 계획을 가진 원칙이 필요하다. 어린이들을 교육시킬 때는 현재보다 미래에 적응하도록 함이 필요하다. 인류의 보다 나은 상태가 가능하도록, 그리고 인간성의 이념과 그 충분한 의의에 대하여 적응할 수 있도록 교육시킬 필요가 있다. 이 원칙은 매우 중요하다. 오늘날 부모들은 현재가 부패되어 있음에도 불구하고 현재에 적응토록 교육하지만, 세상의 부모들은 더욱 훌륭히, 즉 미래의 인류가 현재보다 나은 미래의 발전적인 세계를 건설할 수 있는 방향으로 어린이들을 교육시킬 필요가 있다.

–칸트

4

현재에 살면서 미래에 적응할 인간을 교육하기란 무척 어려운 일이지만 이상적이고 완전한 인간의 모습을 스스로 간직하고 교육함이 필요하다. 그렇게 함으로써 교육자들은 자기가 살고 있기를 바라는 같은 시대의 인간에게 부응할 것이다.

5

어린이를 가르쳐 신의 본질에 대한 자의식에 이르게 하는 것은 부모와 교육자들의 최고 의무라고 생각한다.

–찬닝

진정한 교육의 목적은 선행을 하게 함에도 있지만 그보다는
사람들이 착한 일 그 자체에서 기쁨을 찾아낼 수 있도록 함에 있다.
정의를 지키게 할 뿐만 아니라
지켜야 할 정의를 목마르게 갈구하는 데 있다.

1월 11일 겸양

자기 완성을 위하여 제일 먼저 필요한 것이 겸양이다.

1

나의 사랑하는 자들이여! 친절로서 일을 했다면 너희들은 사랑을 받을 만하다. 너희들이 훌륭하게 될수록 더욱 겸손하라. 고귀함과 영광 속에 사는 자들도 많다. 그러나 신비는 오직 신분이 낮은 자들 속에 감추어져 있는 것이다. 아무리 어려워도 분수에 넘치는 것을 찾아서는 안 된다. 필요 없는 것에 호기심이 움직이게 해서도 안 된다. 너희들 눈앞에는 너희들이 이해할 수 없는 그 이상의 것이 항상 있는 법이다. 그러므로 자기 것도 아닌 지식을 뽐낼 것은 아니다.

2

그래서 예수는 제자들을 불러서 말씀하셨다.

"너희 중에 누구든지 크고자 하는 자는 너희를 섬기는 자가 되고, 너희 중에 누구든지 으뜸이 되고자 하는 자는 너희 종이 되어야 하리라. 인자가 온 것은 섬김을 받으려 함이 아니라 도리어 섬기려 하고 자기 목숨을 많은 사람의 대속물로 주려 함이니라."

–성경

3

남에게 모욕을 당하고도 그 모욕을 태연히 참고 받아넘기며 보복을 꾀하지 않는 자만이 이 세상에서 위대한 승리를 얻을 수 있는 자이다.

–제네비오

4

자신의 신분에 알맞은 자리보다 조금 낮은 자리를 택하라. 남으로부터 '내려가시오' 라는 말보다 '높은 자리에 앉으시오' 라는 말을 듣는 편이 낫다. 신은 스스로 높은 자리에 처신하는 자를 내리시고 겸양하는 자를 높이신다.

–탈무드

5

지금 당장 그대 자신 속에 있는 모든 지배욕과 허영심을 버려라. 영예와 칭찬을 찾지 마라. 그와 같은 모든 것은 그대의 정신을 멸망시킬 뿐이다.

6

성현은 자신에게 엄격할지라도 타인에게는 무엇 하나 요구하지 않는다. 성현은 스스로의 현실에 만족하기 때문이다. 그리고 스스로의 운명에 결코 하늘을 원망하거나 남을 책망하지 않는다. 그렇기 때문에 아무리 불행한 운명에도 침착할 수 있다.

–공자

7

쟁기를 잡고 뒤를 돌아보는 자는 하늘 나라에 합당치 아니하느니라.

–성경

그대의 악행을 빠짐없이 기억하라.
그렇게 함으로 그대는 다시 악한 일은 하지 않게 된다.
그러나 자신의 선행을 기억해 둔다면
그것은 선행을 하는 데 방해가 될 것이다.

1월 12일 신과 세계

타인의 신과 세계에 대한 관계의 결정권이 자기에게 있다고 잘못 생각하는 사람들이 있다. 그리고 그러한 권리는 남도 가지고 있다고 생각하며 그들이 말하는 것을 맹목적으로 믿는 인간들도 있다. 그런데 대체로 후자에 속하는 인간들이 매우 많다.

1

어리석은 만족을 구하느라 지혜를 구하는 노력의 결핍이 생겨난다. 종교상의 독단주의가 남겨놓은 멍에의 흔적이 오랫동안 우리들의 목에 남아 있음을 나는 두려워한다.

-밀턴

2

인간은 도덕적인 의무를 거부할 때부터, 양심의 소리가 아니라 어떤 계급이나 동료의 이익에 의하여 자신의 의무를 한정지을 때부터, 자기는 수천만 인간들 중의 하나에 지나지 않는다는 이유로 자기의 의무를 저버릴 때부터, 그 순간부터는 스스로의 도덕성을 잃어버린 인간이 된다. 그때부터 그는 오직 신만이 이룩할 수 있는 것을 인간에게 기대하는 자가 된다. 그때부터 그는 신의 무궁한 힘에 자신의 얄팍한 꾀로 대하려는 무지를 저지르게 된다.

-찬닝

3

우리들은 모두 어린아이와 같다. 어린이는 유모에게서 배운 사실을 확고부동한 진리라고 생각하며 반복한다. 다음에는 교사에 의해 성장함에 따라 알게 된 존경할 만한 여러 유명한 사람들로부터 배운 그것을…… 우리들은 왜 그토록 많은 어려움을 무릅쓰고 귀에 들은 이야기를 외우려고 애쓰는 것일까? 그러나 스스로 선인들의 위치에까지 도달하여 그 말들을 이해하고 거기서 환멸을 느끼게 되어 그로 말미암아 그들에게서 들은 진실의 모든 것을 스스로 잊어버리고 싶은 생각이 들게 된다.

-에머슨

4

우리들은 스스로를 스승이라고 내세울 수 있는 사람은 아무도 없다. 왜냐하면 우리들에게는 오직 한 분의 스승밖에는 없다. 그 분은 그리스도 예수이시다.

–성경

5

거짓 선지자들을 삼가라. 양의 옷을 입고 너희에게 나오나 마음 속은 노략질하는 자니라. 그의 열매로 그들을 알지니 가시나무에서 포도를, 또는 엉겅퀴에서 무화과를 따겠느냐. 이와 같이 좋은 나무마다 아름다운 열매를 맺고 못된 나무가 나쁜 열매를 맺나니 좋은 나무가 나쁜 열매를 맺을 수 없고 못된 나무가 아름다운 열매를 맺을 수 없느니라. 아름다운 열매를 맺지 아니하는 나무마다 찍혀 불에 던지우니라. 이러므로 그의 열매로 그들을 알리라.

–성경

인간은 옛 성현이 남긴 유산을 이용할 수 있다.
그러나 그 유산의 취사선택은 순전히 자신의 몫이다.
우리는 세계와 신에 대한 자기의 관계를
스스로 수립하지 않으면 안 되는 것이다.

1월 13일 신앙

신앙은 인생의 의의를 이해하는 것이며 정신의 평화를 가져온다.

1

신에게 순종하라. 자신을 질서 속에 있도록 하라. 인생의 도(道)를 이룩함에 모든 것들의 선(善)을 믿는 것, 그 이상으로 필요한 것이란 있을 수 없다.

–아미엘

2

신앙은 사람을 선하게 만드는 것 이상의 거룩한 목적을 가지고 있다. 신앙은 이 세상에 선한 사람이 계속 존재한다는 사실을 증명하고 있다. 신앙의 중요한 목적은 선한 사람들을 더욱 더 높은 이해의 단계로 끌어올리는 것이다.

–레싱

3

두 가지 평화가 있다. 그 하나는 소극적 평화이다. 그것은 사람을 피곤하게 하는 시끄러움이 사라진 상태를 말한다. 즉 전쟁 후에 오는 평화이며 폭풍이 지난 뒤의 평온이다. 그러나 다른 하나는 더욱 완전한 정신의 평화이다. 이 평화는 모든 것을 이해한 신과 같은 평화이며 실로 '신의 나라 속에 있다' 라고 부르짖을 수 있는 평화이다. 이 정신의 평화는 우리들에게 종교를 가져오며 이것은 신과 우주와의 일치, 모든 존재와 사랑의 결합, 인간의 욕망과 이익을 희생하는 지혜이며 끝없는 근본과의 조화이다. 이와 같은 평화 속에 인간의 행복이 있다.

–찬닝

4

벗이여! 무엇 때문에 존재의 신비에 신경을 쓰고 있는가? 왜 깊은 사색으로 심령에 고통을 더하는가? 행복하게 살라. 기쁨 속에 시간을 보내라. 아침을 보라. 젊은이여! 일어나라. 그리하여 새벽의 기쁨을 호흡하라. 언젠가 때가 오면 이 허망한 세상에서 우리들을 그토록 놀라게 하던 인생의 이 한순간을 그대가 아무리 찾아도 얻을 수 없게 될 것이다. 아침은 어둠의 장막을 벗겼다. 일어나라. 아침을 노래 부르자.

5

최후의 날이 오면 대심판이 열리고 선한 신께서 크게 노하신다는 말이 있다. 그러나 두려워할 것 없다. 최후의 날에는 기쁨이 가득 하리라. 신앙의 차이로 인류는 여러 민족으로 나누어졌다. 그들의 모든 독단 중에서 나는 오직 하나, 즉 신의 사랑을 택했다.

–페르시아 잠언

6

착한 인간이란 누구를 두고 말하는가? 오직 신앙적인 인간만이 선한 인간이다. 그렇다면 선이란 무엇인가? 그것은 양심과 의지와의 조화이다.

7

만일 내가 정직한 마음으로 다음과 같이 말할 수 있다고 하자. "하늘에서처럼 이 지상에서도 참으로 신의 뜻이 있다. 즉 영원한 세계에 있어서와 같이 덧없는 인생에 있어서도 존재한다." 그러면 나에게는 불멸에 대한 어떤 확신이나 증명 같은 것은 필요 없다. 나는 영원한 존재의 뜻을 찬양하면서 그 뜻에 나 스스로를 맡기고 있는 것이다. 나는 그 뜻이 사랑임을 알고 있다. 내게는 그 이상의 것이 있을 수 없다. 예수는 죽음에 임하여 말씀하셨다. "아버지여 당신의 손에 저의 영혼을 맡깁니다." 이와 같은 말의 뜻을 이해하고 또 그렇게 말할 수 있는 자에게는 그 이상의 아무 것도 필요 없다. 참된 신앙은 모든 것을 해결한다. 파스칼은 말했다. 죽음은 홀로 온다. 그리하여 사람들 앞에서 홀로가 아니라 신 앞에서 홀로 살아감이 필요하다.

신앙이 없이도 정신의 평화를 찾을 수 있다고 생각함은 큰 잘못이다.

1월 14일 신은 곧 사랑

자신 안에 있는 그리고 모든 사람 안에 똑같이 존재하는 것을 사랑하는 것은 곧 신을 사랑함을 의미한다.

1

"선생님이여, 율법 중에 어느 계명이 크니이까?"

예수께서 대답하셨다.

"네 마음을 다하고 목숨을 다하고 뜻을 다하여 주 너희 하나님을 사랑하라 하셨으니 이것이 크고 첫째 되는 계명이요. 둘째는 그와 같으니 네 이웃을 네 몸과 같이 사랑하라 하셨으니 이 두 계명이 온 율법과 선지자의 강령이니라."

–성경

2

모든 인간은 홀로 외롭게 사는 것이 아니라 인간들 틈에 끼어 사랑이 있는 곳에서 살고 있다. 신은 인간이 서로 헤어져 살아감을 원하지 않는 것 같다. 그런고로 신은 인간에게 개개인의 필요대로 계시하지 않는다. 신은 인간이 공동체로서 살아가기를 원하시는 것 같다. 인간은 스스로의 번뇌 속에 살고 있다고 생각하나 실은 하나의 사랑 속에 살고 있는 것이다. 사랑 속에 살고 있는 자는 신 속에 있는 자며 신도 그 인간 속에 있다. 왜냐하면 신이야말로 곧 사랑이기 때문이다.

3

인간은 사랑에 의하여 살고 있다. 이기적인 사랑은 죽음의 시작이요, 신과 인류에 대한 사랑은 삶의 시작이다.

4

만일 그 형제나 동포를 용서할 수 없는 이가 있다면 그는 형제와 동포를 사랑하지 않는 것이다. 참된 사랑은 무궁한 것이며 만일 그것이 참된 사랑이라면 용서할 수 없는 어떠한 모욕도 존재할 수 없다.

5

하나님이 우리를 사랑하시는 것을 우리가 알고 믿었노니 하나님은 사랑이시라. 사랑 안에 거하는 자는 하나님 안에 거하고 하나님도 그 안에 거하시느니라. 어느 때나 하나님을 본 사람이 없으되 만일 우리가 서로 사랑하면 하나님이 우리 안에 거하시고 그의 사랑이 우리 안에 온전히 이루느니라. 누구든지 하나님을 사랑하노라 하고 그 형제를 미워하면 이는 거짓말하는 자니, 보는 바 그 형제를 사랑치 아니하는 자가 보지 못하는바 하나님을 사랑할 수가 없느니라. –성경

사랑은 인생의 근본이 되는 최초가 아니라 그 마지막인 것이다.
사랑은 원인이 아니라 자신 속에 신의 정신의 처음을 의식하는 것이다.
이 자의식이 사랑을 요구하며 또 사랑을 낳는 것이다.

회개한 죄인

"예수여 당신의 나라에 임하실 때에 나를 생각하소서."

그때 예수께서 말씀하셨다.

"내가 진실로 네게 이르노니 오늘 네가 나와 함께 낙원에 있으리라 하시니라."

어느 곳에 70고개에 접어든 노인이 살고 있었다. 그는 한 평생을 살면서 온갖 죄를 다 지었다. 그러던 중 그는 병이 들었으나 뉘우칠 줄 몰랐다. 그런데 죽음이 닥쳐온 최후의 순간에 그는 울면서 기도했다.

"하나님이시여! 당신은 강도에게도 낙원을 주셨습니다. 제발 저에게도 구원을 주십시오."

말을 마치자 그의 영혼은 곧 육체를 떠났다. 그렇게 해서 죄인의 영혼은 하나님을 그리워하며 하나님의 은총과 사랑에 의하여 천국의 문 앞에 다다랐던 것이다. 죄인은 천국의 문을 두드리며 천국에 들어가게 해달라고 애원했다. 그러자 문 저편에서 들려오는 소리가 있었다.

"문을 두드리는 자는 누구냐? 저 노인은 생전에 무엇을 했느냐?"

천국의 고발인이 대답했다. 그는 이 노인이 저지른 모든 죄를 일일이 고했다. 그에게 착한 일이란 하나도 없었다. 그러자 문 저편에서 어떤 소리가 들려왔다.

"죄인은 천국에 들어올 수가 없다, 물러가라."

죄인은 말했다.

"제발 애원합니다. 저는 당신의 음성을 들으면서도 얼굴을 뵐 수 없고 이름을 알 수도 없습니다."

그러자 또 음성이 들려 왔다.

"나는 사도 베드로다."

죄인은 말했다.

"사도 베드로님! 저를 불쌍히 여겨 주소서. 인간은 연약합니다. 그러나 하나님은 사랑이 많으신 분이 아닙니까? 당신은 예수님의 제자이시며 예수님으로부터 직접 가르침을 받으시고 그분 생활의 본을 직접 보신 분이 아닙니까? 이런 일을 생각해 보십시오. 어느 땐가 예수님께서 마음에 심히 고민하고 슬펐을 때에, 당신에게 잠들지 말고 기도를 하라고 세 번이나 부탁하신 일이 있었지요. 그런데 당신은 졸음을 이기지 못해 잠이 들어버리고 예수께서는 당신이 세 번이나 잠든 것을 보셨습니다. 저도 그 경우와 마찬가지입니다. 또 다음과 같은 일도 기억해 보십시오. 당신은 죽을 때까지 예수님을 부인하지 않겠다고 굳게 맹세하고서도 예수님이 가아바야에게로 불려 가셨을 때 세 번이나 그 사람을 모른다고 말하지 않았습니까? 그리고 또 이런 일도 생각해 보십시오. 그때 당신은 닭이 울자 그곳을 떠나 심히 통곡하지 않았습니까? 저도 그와 마찬가지입니다. 저를 천국에 들어가지 못하게 할 이유는 없다고 생각합니다."

그러나 천국의 문안에서는 아무런 대답이 없었다. 죄인은 다시 문을 두드리면서 천국에 들어가도록 해달라고 계속 애원했다.

그러자 이번에는 문 저편에서 다른 음성이 들려왔다.

"저 자는 누구냐? 저 노인은 생전에 무엇을 했느냐?"

고발인의 소리가 들리고 다시 죄인의 모든 죄상을 반복해서 고했다. 착한 일이라고는 하나도 없었다.

문안에서 말했다.

"물러가라, 그러한 죄인은 우리들과 함께 천국에서 살 수 없다."

죄인은 말했다.

"제발 부탁합니다. 저는 당신의 음성을 듣고 있으면서도 얼굴을 쳐다볼 수도 없고 이름을 알 수도 없습니다."

안에서 대답했다.

"나는 왕이며 사도 다윗이다."

죄인은 낙심치 않고 천국 문에 바싹 붙어서 말했다.

"저를 불쌍히 여겨주소서. 다윗 왕이시여! 인간은 연약합니다. 그러나 하나님은 당신을 사랑하면서 뭇 사람들 위에 높이셨습니다. 당신은 모든 것을 가지고 계십니다. 왕국도, 재물도, 아내도, 자식도. 그러나 당신은 지붕에서 가난한 사나이의 아내를 보셨습니다. 그래서 죄는 당신 속에 싹트고 당신은 결국 가난한 사나이의 아내를 가로채고 당신의 칼로 그 사나이를 죽여 버리지 않았습니까? 당신은 부자이면서 가난한 자로부터 그의 하나밖에 없는 양을 빼앗고 그 사나이를 전쟁터로 내몰아 죽여 버렸습니다. 저도 그런 짓을 해왔을 뿐입니다. 그러나 생각해 보십시오. 당신이 얼마나 그런 일을 뉘우쳤던가를. 그리하여 이렇게 회개하셨습니다. 나는 내 죄를 알며 더할 나위 없이 내 죄를 슬퍼한다고. 저도 그와 마찬가지입니다. 그러므로 내가 천국에 못 들어갈 이유가 없다고 생각합니다."

그러나 문안에서는 아무런 대답이 없었다. 얼마 후 죄인은 또 문을 두드리며 천국에 들어가게 해달라고 애원했다. 그러자 문안에서 세 번째 음성이 들려왔다.

"저 사람은 누구냐?"

고발인이 대답했다. 그는 세 번째도 이 노인의 나쁜 일을 고하고 좋은 일이라고는 하나도 말하지 않았다. 문안에서 목소리가 들렸다.

"물러가라, 죄인은 천국에 들어올 수 없다."

죄인이 말했다.

"저는 당신의 목소리를 들으면서도 얼굴도 뵙지 못하고 이름도 알 수가 없습니다."

문안에서 대답했다.

"나는 예수님의 훌륭한 제자 성 요한이다."

죄인은 기뻐서 말했다.

"이제야 저를 천국에 못 들어오게 할 이유가 없다고 확신합니다. 베드로와 다윗은 그들이 인간의 연약함과 하나님의 사랑을 알고 있기 때문에 저를 들여보내지 못한 것입니다. 그러나 당신은 사랑의 사도이시기 때문에 저를 받아주실 것입니다. 성 요한이시여! 당신 자신의 책 속에 하나님은 사랑이시고 사랑하지 않는 자는 '하나님을 알 수 없다.' 고 쓰시지 않았습니까? '형제들이여! 늙어서 서로 사랑하라.' 고 사람들에게 말하신 분이 바로 당신이 아니었습니까? 그러한 당신이니까 설마 저를 미워하여 내쫓지는 않으시겠지요? 당신은 당신이 말씀하심을 저버리지는 않는다면 저를 구원하시고 천국의 문을 열어 주시지 않겠습니까?"

그제서야 천국 문이 활짝 열리고 성 요한이 회개한 죄인을 껴안아 천국 안으로 불러 들였다.

-레프 톨스토이

1월 15일 삶과 죽음

삶과 죽음은 서로 상극이다. 이 두 개의 한계를 넘어선 저편에 우리가 희구하는 하나의 그 무엇이 있다.

1

인간의 삶에 고귀함과 비천함이 있듯이 죽음도 고귀한 죽음이 있고 비천한 죽음이 있다. 인간의 영적 자아조차도 그 자신이 타고난 힘을 완전히 극복할 수는 없다. 그럼에도 불구하고 기생적(寄生的)인 것에 패배하든가 또는 자신과 타협할 수 없는 힘에 복종한 자아는 결국 타고난 죽음을 거절하고 자신이 다스려야 할 성지에서 추방된다. 그리고 결국에는 그로 인하여 괴로워하게 된다. 그러나 이와 반대로 이성적이고 정의로운 천명을 다하고 자신을 신의 삶과 사랑으로써 빛나게 하는 자아가 있다. 그것은 마치 양심적인 노동자처럼 자기 일에 자신의 연장을 사용하면서 주어진 모든 재료를 지혜롭게 활용할 수 있는 자아이다. 이와 같이 온화하고 평화롭게 연장과 재료를 거둘 줄 알며 자기에게 주어지지 않은 어떤 목적 때문에 달라지지 않고 오직 자신의 천명으로 주어진 다른 세계로 들어간다.

-카펜터

2

현실이 아닌 다른 세계의 의미를 알고 있었던 사람은 극히 적었다. 죽음 후의 비현실에 있어서 나는 내가 출생하기 이전에 있었던 상태와 동일한 것을 생각한다. 그러나 그것은 아무것도 느낄 수 없는 상태이다. 왜냐하면 우리들은 모든 전체를 파악할 수 없기 때문이다. 다만 존재하고 기다리며 그리고 자기의 지혜에 따라 행동하는 그것이 우리들의 의무이다.

-리히텐베르크

3

우리들이 살아 있는 동안에 마음은 죽어 있으며 우리들의 육체 속에 파묻혀 있는 것이다. 그러나 우리들이 죽을 때 마음은 되살아난다.

-소크라테스

4

죽음이란 없다. 단지 그것은 인류가 이미 경험하고 앞으로 더 경험하게 될 변화의 전개가 있을 뿐이다.

5

인간의 정신은 육체와 함께 영원히 멸망해 버리는 것은 아니다. 정신(영혼)은 영원히 남는 것이다. *-스피노자*

불멸이란 미래에 대한 사색에만 국한시킬 수 없다.
과거의 비밀에 대한 상념이 필연적으로 생겨날 것이다.

1월 16일 거짓 신앙

인생을 악하게 건설해 가는 주된 원인은 거짓 신앙이다.

1

우리의 생활은 자신의 생애에서 지혜 없는 어리석음을 슬기로운 명철로 이끄는 데 의의가 있다. 그러기 위해서는 두 가지가 필요하다. 슬기롭지 못함에 깊이 주시하고 어리석음을 다시 범하지 않는 일이다. 또 하나는 실천적인 인생에 있어서 지혜 있는 것을 완전한 순수성에서 아는 일이다. 그러나 이 세상 모든 사람들의 활동은 어리석고 무지한 것을 감추려는 것으로 이루어져 있다. 무지와 악을 감추기 위한 목적 때문에 다음과 같은 것들이 존재하고 있다. 경찰 · 군대 · 형법과 감옥 · 자선단체 · 고아원 · 양로원 · 학교 · 수도원 · 정신병원 · 병(특히 성병, 결핵을 위한) · 보험회사 · 의무적이며 강제적인 징수를 위한 교화 설비 · 소년 재판소 및 기타 많은 시설들이 무지와 악을 추방하는 일에 쓰여진다면 정의로운 사회는 이룩되겠지만 악은 오늘날 우리들에게는 이미 명백하게 괴롭히고 있는 것이다.

2

우리들은 신중한 주의를 기울여서 사회적인 일에 참여해야만 한다. 우리들은 자신의 의견에 너무 집착한 나머지 자기 암시에 넘어 가는 일이 있어서는 안 된다. 그러므로 선입관을 버리고 자유로운 사고로 판단해야 한다. 바람의 방향을 알지 못하고 항상 같은 방식으로 돛을 고정시키는 뱃사공은 그가 목적하는 항구에 영원히 도착하지 못할 것이다.

-헨리 조지

3

우리들이 한 공동체가 되어 그 속에 살고 있으며, 또 우리들 각자가 그 속에 있는 거짓을 알려고 하면 솔직하고 단순하게 예수의 가르침을 받아들임이 필요하다.

옳지 못한 신념에 복종하는 것은
인간을 불행에 빠뜨리는 최악의 선택이다.

1월 17일 신의 법칙

자기에게 주어진 운명과 자기 영혼이 관계하는 신의 법칙을 따름으로서 인간은 은연 중에 사회 복지에 기여하며 봉사하고 있는 것이다.

1

우리가 세상을 살아가는 것은 마치 아이들의 장난과도 같다.

아이들은 선생님이 강의하는 도중에 교실로 들어온다. 그들은 제대로 들으려 하지도 않고 또 강의가 끝나기도 전에 모두들 나가버린다. 아이들은 잠깐 앉아 있는 동안 무엇인가 듣기는 했으나 이해하지는 못한다. 이와 같이 신의 가르침은 우리가 그것을 배우기 몇 십 세기 이전부터 시작되어 왔고, 우리가 이미 이 세상에 존재하지 않게 된 후에도 계속되어 갈 것이다. 그러므로 우리들은 그 가르침의 지극히 적은 부분만을 들을 뿐이다. 그러나 그나마 대개는 그것을 이해하지 못한다.

-토마스

2

환상에 사로잡힌 자들은 종종 미래에 대해 확신을 갖고 범위를 한정시키는 습성이 있다. 그러나 그들은 그 한정된 미래조차 기다리려고 하지 않는다. 그는 미래가 당장 눈앞에 와 주기를 바라는 것이다. 심지어 수 천년이 걸려야 하는 대자연의 일마저도 자기가 살아 있는 동안에 이루어지기를 바랄 만큼 어리석은 족속들이 바로 그들이다.

-레싱

3

왜 그대는 그 처절한 상황에서 부질없이 스스로를 괴롭히고 있는가? 그대들은 선을 바라보면서도 그것을 어떻게 얻을 것인가를 모르고 있다. 생명을 주는 자만이 선을 줄 수 있음을 알라. 그대들은 신이 없이는 아무것도 얻을 수 없다. 그대들은 정욕의 침대에서 그 무엇을 찾았는가? 그대들은 때로 폭군을 무찔러 멸망시키기도 했다. 그러나 그보다 더 포악한 폭군이 나타났다. 그대들은 노예제도를 철폐했다. 그러나 또 다른 피의 제도요, 새로운 노예제도가 생겨났다. 신과 그대들 중간에 서 있는 인간들을 믿지 마라. 그 인간들의 그림자가 그대에게 신을 은폐시키기 때문이다. 그러한 인간들은 오직 악한 뜻을 가지고 있을 뿐이다. 왜냐하면 자유의 힘은 신에게서 오고 오직 신에게서만이 공통된 사랑이 오기 때문이다.

자기의 사상과 뜻의 법칙에 의하여 그대들을 지도하는 자들이 그대들을 위하여 무엇을 할 수 있겠는가? 만일 그들이 선한 뜻을 가지고 선을 원한다 하더라도 아무튼 그들은 신의 법칙 대신에 자기의 뜻을 그대들에게 강요하고 정의 대신에 자기의 사상을 주는 데 불과하다. 이러한 일은 폭군들이 하는 것이다. 어떤 폭군을 갈아치우고 다른 폭군을 내세워도 결과는 마찬가지다. 자유는 이 폭군이나 저 폭군이 지배하고 있는 곳에는 이루어지지 못한다. 오직 하나의 신이 지배하는 곳에서 이루어진다. 신이 지배하지 않는 곳에서는 인간이 지배한다. 신의 왕국은 지혜로움에 있어서 정의와 마음에 있어서 사랑의 왕국이다. 이 왕국의 기본은 신에 대한 신앙이고 예수의 가르침에 대한 신앙이다. 예수는 신의 법칙, 즉 정의와 사랑의 법칙을 밝혀 가르쳤다. 정의의 법칙은 신 앞에서 그리고 오직 하나의 스승이신 예수 앞에서는 모든 것이 하나임을 가르친다. 사랑의 법칙은 오직 하나, 스승의 제자로서 서로 사랑하고 서로 도와주기를 가르치신다.

-라므네

4

그대가 남에게 선을 가르칠 능력이 있다 하더라도 그 선을 행치 않는다면 오히려 이웃을 잃을 것이다. 만일 사람들이 그대의 가르침을 따르지 않음에도 불구하고 선행을 강요한다면 말씀을 잃어버릴 것이다. 현명하고 남을 다스릴 줄 아는 사람은 이웃도 말씀도 잃지 않는 법이다.

—중국 성언

신의 뜻을 이루면서 스스로의 일을 완수하라. 그렇게 함으로써 보다 풍성한 형태로 사회에 이바지할 수 있을 것이다.

1월 18일 덕 있는 자

인생에 있어서 자신의 사명을 알고 그것을 이루고자 노력하는 사람이야말로 덕 있는 자라 할 수 있다.

1

학식이 있는 사람이란 많은 책을 읽고 외적인 지식을 갖춘 사람이다. 교양이 풍부한 사람이란 그 시대에 일반화되어 있는 지식이나 문화 양식을 터득한 사람이다. 그리고 덕 있는 사람이란 자기 인생의 의의를 이해하고 있는 사람이다.

2

인류가 생존하게 된 최초의 순간부터 모든 민족에게는 항상 스승들이 나타났다. 그것은 인간에게 최우선적으로 알아야 했던 학문을 터득한 교사들이다. 그 학문은 항상 그 제목 속에 각자의 인간과 모든 인간의 목적, 그리고 진실된 행복에 대한 지식을 간직하고 있었던 것이다. 그러므로 그 학문은 모든 다른 지식의 목적을 한정하기 위한 끈으로써 가치 있는 것이다. 학문은 그 수를 헤아릴 수 없다. 그래서 모든 인간의 목적과 행복이 무엇에 의하여 성취되는가 하는 지식이 소멸되는 것이다. 그러므로 인간의 참된 행복을 위한 지식이 결핍되는 다른 모든 지식이나 예술은 해롭고 한가한 오락거리가 되어버린다.

3

오늘의 젊은이들은 수없이 많고 또 가장 어려운 일, 즉 천체의 구성이나 몇 백 만년에 걸쳐 형성된 지구, 또는 유기체의 원인에 관한 연구는 열을 올리고 있으나 누구에게나 동일하게 절실하고 필요한 오직 하나의 것은 연구하기를 게을리 하고 있다. 그 오직 하나의 일이란 인생의 의의이다. 이 일을 등한히 하는 우리들의 생활은 건물의 기초를 돌로 하지 않고 공기주머니를 놓는 것이나 마찬가지다. 이러한 건물이 무너지지 않을 수가 있을까?

4

지식이 있고 예의가 있으며 게다가 덕까지 갖추었다고 생각하는 이들은 종종 가장 어리석고 무지 속에서 헤매고 있는 사람이다. 즉 자기 인생의 의의를 알지 못할 뿐 아니라 오히려 그 무지하다는 사실조차 자랑으로 삼고 있다. 이와 반대로 자연과학이 어떤 것인지 천문학이 무엇을 연구하는 학문인지 또는 라디오의 성질 같은 것도 전혀 알지 못하는 무식한 사람들 심지어 낫 놓고 기역자도 모르는 그러한 사람들 가운데는 정말 유덕하고 어진 사람이 있다. 우리는 자신이 타고난 성품을 잘 알면서도 그것을 자랑스레 여기지 않는 그런 종류의 사람들도 주위에서 자주 목격하는 것이다. 그런 사람들은 교육받은 체하며 그들의 무지를 절대시하는 자들을 딱하게 여기며 불쌍하게 본다.

학문은 무엇이 참된 선인가를 안다는 점에서만 필요하다.
그것을 아는 것은 모든 사람에게 가능한 일이다.

1월 19일 자아부정

자아 부정을 할 줄 아는 사람들이 사회를 보다 나은 방향으로 발전시킬 수 있다.

1

'한 마리의 제비가 봄을 가지고 오는 것이 아니다.' 라는 말이 있다. 한 마리의 제비가 봄을 가지고 오지 않는다는 것은 사실이나, 만일 그 제비가 이미 봄을 느끼고 있다면 기다리기만 하고 날아오지 않을 수 있을까? 만일 그와 같이 땅도 풀도 그저 기다릴 뿐이라면 봄은 결코 오지 않을 것이다. 그와 마찬가지로 신의 나라를 건설하는데 자기가 첫 번째 제비인지 열 번째 제비인지 생각할 필요가 없다.

2

하늘과 땅은 영원하다. 하늘과 땅이 영원하다는 것은 둘 다 자기 자신을 위하여 존재하는 것이 아니라는 데 있다. 이것이야말로 하늘과 땅이 영원한 이유이다. 성현은 자아에서 항상 초월해 있다. 그러므로 구원을 받는 것이다. 자기를 위하여 그 무엇도 구하지 않기 때문이다. 또한 그렇게 함으로써 자기에게 필요한 모든 것을 이룰 수가 있는 것이다.

3

인생을 보다 값지게 살고자 한다면 언제라도 자기 인생을 버릴 수 있는 용기가 있어야 한다. 이 불변의 법칙은 개인 생활이나 공동 생활에도 항상 통하는 것이다.

4

일시적이고 덧없는 것에 마음을 빼앗기고 물욕에 사로잡힌 나머지 자신 속에 자유를 부르짖는 영혼이 있음을 알지 못하고 생존하는 것은 싸움을 의미하며, 이 위대한 자유를 얻기 위해서는 죽음도 받아들일 용기가 없는 자들은 멸망할 운명에 빠진 자들이다.

–라므네

5

인간의 역사에서 가장 중요한 것은 그 사람이 무엇을 목적으로 살았는가 하는 것이다. 그 사람에 의하여 이루어진 모든 것은 언제나 그 대부분이 우연히 이루어진 것이다. 그리고 그 우연이란 것은 그 사람이 성취하지 못한, 이미 생각에서 멀어져 간 일들이 완성되는 것이다. 그러므로 가장 위대한 사람들의 일생은 그들의 실현 결과보다는 그들의 목적과 노력 속에서 보다 많이 나타난다. 그래서 그들을 목적과 그에 수반된 감정에 의하여 평가하는 것보다 그들이 이룩한 결과에 의해서 평가함이 올바른 것이다.

–존 러스킨

아무런 희생 없이 인생을 보다 아름답게 하려는 시도는 무익하다. 그러한 시도는 더 발전될 가능성을 감소시킬 뿐이다.

1월 20일 기독교

기독교는 인간과 하나님과의 직접적인 교제를 이루는 것이다.

1

만일 그대가 예수 그리스도의 성품에 있어서 가장 본질적인 것이 무엇이냐고 묻는다면 나는 '인간의 영혼이 위대하다는 것'이라는 그의 신념에 있다고 대답하리라. 예수는 인간 속에서 신의 그림자와 신의 형상을 보았던 것이다. 그런고로 예수는 인간의 속죄를 자원했으며 어떠한 인간, 어떠한 처지에 있는 자라 할지라도 모든 인간을 차별하지 않고 사랑했던 것이다. 예수는 물질적인 껍질을 뚫고 인간의 마음 속을 보았던 것이다. 육체는 예수 앞에서는 사라져 버렸다. 예수는 부유한 자의 옷을 통해서 그리고 가난한 자의 옷을 찢어서 인간의 마음 속을 보았다. 그리고 예수는 무지와 죄의 구렁텅이 속에서도 인간의 영혼과 불멸의 성질과 무한히 발전할 수 있는 힘과 완성의 싹을 발견했던 것이다. 가장 낮은 곳까지 타락한 자, 가장 부패한 자 속에서도 예수는 천사의 가능성을 보았던 것이다.

–찬닝

2

인간은 지금까지의 관습적인 미신을 빼앗기면 자칫 고독 속으로 말려든다. 그러나 외부적인 의지의 대상을 빼앗아 버리면 스스로 내면의 세계로 눈을 돌려 진정한 자기 자신을 파악하게 된다. 그리고 그는 자기가 위대한 신의 보호 아래 있다는 것을 알게 된다. 그는 성경이나 사도서, 십계명을 쓰여진 그대로의 글자로 읽는 것이 아니라 자기 영혼으로 읽었다. 그리하여 그의 작은 예배처는 위대한 천국의 전당으로까지 확대되는 것이다.

–에머슨

3

어떤 사람이 신을 학리적인 면으로 인식하고 있다면 그것은 매우 연약하고 위험한 것이며 과오에 빠지기 쉽다. 또 어떤 사람이 신을 신앙에서 우러나오는 덕성적인 것으로 인식하고 있다면 그것은 높은 도덕을 부여하는 신의 본성을 이해한 것이다. 그리고 이러한 신앙은 진실된 것이며 진실 그 이상의 것이기도 하다.

4

도덕적인 생활을 추구할 뿐만 아니라 항상 도덕 그 이상의 것을 향하여 매진하라.

그대와 신과의 사이에 있는 모든 것을 두려워하라.
그대의 마음에 자리잡고 있는 온갖 환영과 심상도 두려워하라.

1월 21일 정신적 완성

인간의 정신적 완성은 이성이 강하고 욕정이 약한 정도에 따라 이루어지는 것이다. 그 완성을 스스로 의식하고 노력하여 그것이 잘 성취되어 감을 느낄 때 인간은 행복을 느낀다.

1

기독교는 젊은이들과 같이 인생에 있어서의 싸움을 피할 수 없다. 기독교도에게는 항상 싸워야 할 것과 전진해야 할 것이 있다. 왜냐하면 늘 맑고 밝고 환한 자아반성은 자신의 내부에 있는 새로운 결점을 폭로해 버리기 때문이다. 그리고 그 결점과 싸우지 않으면 안되기 때문이다. 그러므로 기독교도의 모든 힘은 잠자거나 쇠퇴하지 않고 도리어 하나하나 눈뜨고 있는 것이다. 그리고 좀 더 선하고 싶다는 갈망으로 노력해도 만족할 줄 모르는 야심가에게는 주어질 수 없는 용기를 기독교도에게 준다. 다른 사람들은 퇴화해 가는데 왜 기독교도는 진화해 가는가? 그리고 기독교도들은 앞으로 전진함에 따라 왜 점점 깊은 지식을 얻는가에 대한 원인이 여기에 있는 것이다. *-고골리*

2

과오(過誤)나 실수 때문에 당황하는 일이 없도록 하라. 스스로의 잘못을 아는 것처럼 큰 교훈은 없다. 그것은 자기 수양의 첩경이다.

—칼라일

3

잘 알지도 못하는 일에 끼어들어 자신의 마음을 괴롭히지 마라. 자기와 관련이 없는 일에 개입하는 것을 피하라. 그런 쓸데없는 일에 마음쓸 겨를이 있다면 그 동안 자기 완성의 길로 곧장 나아가 성공에 이르도록 하라.

4

우리들의 생활은 도덕에 대한 봉사로써 이루어진다. 그것은 인류의 생활이 종족에 대한 봉사로써 이루어져 있음과 같다. 우리들 사이에 완전하고 위대한 행위가 성취됨을 보면 우리들의 인생이 언제나 고귀한 것이라는 확신이 느껴진다.

—엘리엇

정신적으로 성장해 가는 생활을 의식하지 못하고 그저 동물적인
생활만을 알고 있는 인간의 상태는 가공스러운 것이다.
그러한 사람이 오래 살면 살수록
참된 삶은 시들고 사라져 버릴 것이다.

완성에 대하여

인간이 신과 같은 완성에 도달함은 불가능한 일이다. 그러나 인간은 점진적으로 그 경지에 이르도록 노력함을 게을리 해서는 안 된다. 그 길은 옛날부터 인류에게 명령된 것이다. 그것은 가시밭 같은 고난의 길이며 한 걸음씩 내딛을 때마다 고뇌에 부딪치지만 곧 맺어질 열매로써 위안과 행복을 가져다 주는 길이기도 하다. 그 최후의 값진 열매는 사랑이며 평화의 왕국이다. 고생스러운 길을 지나 최후의 평화에 다다를 때 위대한 통일이 오는 것이다. 그러나 그 통일은 한 사람 한 사람의 인생과 온갖 종류의 것이 합류되는 것이다. 그러므로 그 통일을 실현하기 위해서는 모든 사람들이 자기 자신을 내세우지 않는 것 이외의 도리는 없다. 통일을 파괴하고 방해하는 모든 것을 자아의식으로 거절하는 수 밖에 없다. 성경의 모든 가르침은 이 점에 있는 것이다.

성경의 가르침은 오직 사랑에 있다. 신과 신의 모든 피조물에 대한 한없는 사랑 속에 있다. 인간의 이기주의는 교만, 욕심, 관능의 만족, 질투, 분노, 불화와 같은 것을 낳는다. 그러나 그 중심에 신이 존재하는 인류는 자기부정, 친절, 희생, 정신적 평화를 낳는다. 순수한 기쁨과 세상적인 욕망을 미래의 행복에 대한 확실한 보증으로 바꾸어 주는 희망을 낳는다. 그러나 다음과 같은 점을 언제나 기억해야 한다. 참된 길은 나아가면 갈수록 그리고 이 길을 남에게도 걷게 하려고 노력하면 할수록 과거의 지배에 굴복해 버린 자들의 방해에 더욱 시달리게 되리라는 것이다. 그 사람들은 그대들을 미워하고 또 다음과 같은 짓을 하려고 할 것이다. 즉 그대들을 여러 심문의 자리에 끌고 다니면서 싹트려는 선을 짓밟아 버리려고 할 것이다. 그리고 그들의 목적을 달성하기 위해서 최후에는 감옥으로 보내 버릴 것이다.

이 정의로운 투쟁에 굴하지 않기 위하여 그대의 마음을 굳건히 하고 용기를 가져라. 이 투쟁을 그대가 물려받은 유산 중에서 가장 소중한 것이라고 생각하라. 즐거운 휴식은 싸움이 끝난 후에 얻어지는 것이다. 그러나 그 투쟁은 이렇게 말할 수 있는 날에 이르러서야 끝날 것이다.

'신은 승리하셨다. 드디어 신의 왕국이 지상에 건설되었다. 신의 아들은 이제야 나라를 갖게 되었다.' *–라므네*

문화란 물리적인 현상을 인간의 지혜와 도덕성의 문제로 바꾸어 놓음으로써 성취되는 것이라고 말할 수 있다. 네 이웃을 네 몸과 같이 사랑하라 함은 영원한 법칙이다. 그러나 이 법칙은 인력이나 화합이나 기타의 물리적 법칙과 같이 불가피한 법칙으로 그칠 뿐 실행되지 않는 한 아무런 소용이 없다. 다시 말하면 물리학의 여러 법칙은 어느 때에는 의심을 받기도 할 것이고, 자연이 보여 주는 온갖 현상에 모두 합당하지는 않지만 연구 노력한 결과 인정할 수밖에 없게 되었다. 도덕적인 법칙도 이와 마찬가지이다. 그것은 우리들의 노력에 의하여 빛나야 한다.

지혜로운 사람들은 온갖 존재의 끝없는 각성과 결합에 이 세상의 목적이 있다고 생각한다. 그것을 향하여 인생은 걸어가고 있는 것이다. 또한 이 과정에서 다음과 같은 사실을 깨닫지 않으면 안 된다는 것을 알게 되는 것이다. 즉 생활해 나가면서 행복은 개개인이 잡으려고 하는 행복이 아니고 지혜로운 방법에 따르며 각각의 존재의 행복을 얻기 위해 노력하는 가운데에 있다는 것을 깨닫게 되는 것이다.

1월 22일 전쟁

도덕적인 악 가운데에서 전쟁을 일으키는 것만큼 치명적인 악행은 없다.

1

전쟁은 인간이 인간이기를 그만두고 오로지 병사가 되도록 강요한다. 병사는 관습적으로 사회로부터 격리되어 있다. 병사의 가장 중요한 임무는 상관에 대한 복종이다. 상관은 영내에서 전제주의를 교육하는 데 전력을 다하고 있다. 전제주의는 그 목적을 폭력으로써 달성하는 것이다. 병사들의 주된 만족은 폭풍우와 같은 모험이고 위험이다. 그들은 평화로운 노동을 외면한다.

전쟁은 전쟁을 낳으면서 끝없이 계속된다. 전쟁에 승리한 국민은 그들의 승리에 도취되고 또 새로운 승리를 향하여 나가려 한다. 패전의 쓰라림을 맛본 국민들은 그들의 명예와 손실을 만회하려고 서두른다. 서로를 물고 뜯으며 미쳐 돌아다니는 국민들은 상대방의 멸망을 바라고 질병이나 기아나 혼란이 일어나기를 기대한다. 수 천명의 인간을 살상한다는 것은 이런 국민들에게는 고뇌로 느껴지기는커녕 승리의 기쁨을 의미한다. 따라서 인간의 마음은 거칠어지고 사악한 욕심이 길러진다. 이로 인하여 인간은 동정이나 인도적 양심으로부터 멀어져 버린다.

–찬닝

2

예수는 어디에 계시냐? 그의 가르침을 어디에 가서 찾을 수 있느냐? 기독교 국가의 국민들에게서 예수를 찾을 수 있을까? 도대체 어디에서 찾을 수 있을까? 제도 속에 있단 말인가? 그들의 제도 속에 예수가 있을 리 만무하다. 뼛속까지 부당한 불공평으로 가득 찬 법률 속에 있단 말이냐? 거기에 예수가 있을 수 없다. 이기주의에 젖은 도덕 속에 있단 말인가? 그곳에 예수가 있을 리가 없다. 그렇다면 어디에 예수의 가르침이 있단 말이냐? 그것은 인간의 깊은 본성에 있다. 그것은 맑고 올바른 심령의 갈망 속에 있다. 그것은 모든 사람의 양심 속에 있다. 모든 사람의 양심은 이 세상에 현존하는 모든 것을 그대로 방치할 수는 없기 때문이다. 그것이 악하고 사랑과 동포애의 부정이며 부정한 유산이며 신의 숨결을 거절하기에 알맞은 줄 알고 있기 때문이다.

-라므네

1월 23일 악의 형태

악에는 일정한 형태가 없다. 그러므로 사람들은 종종 망설이게 되고 때로는 정면으로 악에 부딪치기도 하는 것이다.

1

분노에 휩쓸리지 않는 가장 좋은 방법은 폭군을 대하는 태도와 매우 흡사하다. 그것은 폭군에게 굴복해 버리는 일 없이 그것이 분노를 폭발하도록 충동질할 때 그 명령에 휩쓸리지 않고 준엄하게 주위를 살펴보고 스스로 자기 뺨을 때릴 수 있어야 한다. 그런 후 더욱 냉정히 마음을 가다듬어 거친 행동을 하지 않도록 주의하며 정열에 부채질하지 않도록 해야 한다. 그런 행동이나 외침은 오히려 고통을 크게 할 뿐이다.

감정이나 사랑, 질투나 공포 등은 그 중의 하나가 모든 것 위에 자리잡는 법이다. 그러나 분노만은 모든 것을 공격한다. 적이나 친구, 어린이나 어른, 신이나 짐승, 무생물까지도 구별하지 않고 모든 것의 평화를 뒤흔들고 만다. 폭풍우에 노한 파도가 해초를 뿌리째 뽑아버림은 누구나 알고 있다. 사람도 분노가 치솟을 때는 폭풍우에 노한 바다와 같이 상스럽고 험상궂고 악의에 찬 말들을 뿜어낸다. 인간의 입이란 그러한 말로 가득 차 있고 더럽혀져 있어 어느 때라도 뿜어낼 태세를 갖추고 있는 것이다. 이 분노가 닥쳐왔을 때에는 냉정을 되찾아야 하고 스스로를 반성한다면 분노가 어떤 것인가를 조금은 이해할 수 있을 것이며 결코 앞에서와 같은 감정쯤은 자제할 수 있을 것이다. 그리고 분노란 결코 고상한 것도 남성적인 것도 아니며 감정의 파격적인 성질임을 깨닫게 해 준다.

또한 분노 속에는 고상한 감정이나 위대한 감정이 들어 있지 않는다는 것도 알게 된다. 그러나 무지한 인간들은 그와 같은 형태를 적극성으로, 공감을 용기로, 불순함을 힘으로, 잔인함을 힘의 기회로, 경솔함을 굳셈으로, 심술을 악에 대한 혐오라고 잘못 생각하고 있다. 그러나 사실 분노하고 있는 사람의 행동은 모두 그 사람의 악함과 어리석음을 표현하고 있는 것이다. 그리고 사람이 분노해서 자기의 아이나 부인을 때리거나 행패를 부리는 경우와 개나 말을 차고 때리지 않으면 안되겠다고 생각하는 경우도 마찬가지다. 심하게 때리면 몸이 붓는 것과 같이 약한 마음이 남에게 상처를 받으면 점점 약해지는 것이 아니라 도리어 강한 분노를 나타낸다. 여자는 남자보다 화내기 쉽고 병든 사람이 건강한 사람보다 분노하기 쉬운 원인이 바로 여기에 있다. 이와 같이 분노는 강한 마음의 표현이 아니라 반대로 약한 마음의 표현이다.

–세네카

2

인색한 사람은 남이 가지고 있는 것을 자기 것으로 만들려고 애쓴다. 그는 자기만이 부자가 되면 그만이다. 그는 자기 이익을 위하여 남을 해친다. 그가 저지른 죄악은 보통 생각하는 것보다 크다. 그는 자기 죄악에서 아무런 이익을 얻을 수 없을 때까지 남을 해친다. 그는 남에게 악을 전할 뿐더러 자기에게도 전한다. 이것이야말로 자기의 집안, 몸, 정신을 가릴 것 없이 망쳐버리는 가장 무서운 행위가 아니고 무엇인가?

—소크라테스

3

분노가 타인을 아무리 불쾌하게 하더라도 화내고 있는 스스로가 가장 괴로운 법이다. 분노로 시작된 것은 수치로 끝난다. 분노는 분노를 가져오게 하는 모욕보다 해로운 것이다.

4

그대의 적은 그대에게 악으로써 보복할 것이고 그대를 증오하는 자는 고통으로써 보복할 것이다. 그러나 길 잃은 지혜는 그와 비교할 수 없을 만큼 더욱 큰 해를 그대에게 선물로 보낼 것이다. 부모나 친척이나 이웃도 그대에게 믿을 만한 바른 길을 가르쳐 주는 이지만큼의 행복한 길을 가르쳐 주지는 못할 것이다.

—붓다

어린 아이들은 너무도 천진스럽기 때문에
어른들이 사악한 모습과 언행으로 다투고 있는 것을 보면 옳고
그름을 따져 생각하기 전에 공포와 혐오의 감정부터 갖게 된다.
그래서 그들로부터 종종 멀어져 가곤 한다.

1월 24일 인류의 진로

인류가 어디로 가는가를 인간들은 알 수 없다. 가장 훌륭한 지혜란 그대가 어디로 가야 할 것인가를 탐구하는 과정에서 찾을 수 있다.

1

참된 생활로 인도하는 길은 아주 좁아서 몇몇 사람들만이 그 길을 발견할 수 있을 뿐이다. 왜냐하면 그 길은 그들 내면 세계에만 존재하기 때문이다. 그리고 자기 길을 찾고 있는 자도 드물다. 대개는 다른 길을 찾았으므로 자기의 길을 찾으려고 하지 않는다.

—맬러리

2

사람은 대체로 세 가지 부류가 있다. 첫째는 신을 찾아서 신을 섬기는 사람들이다. 그들은 슬기롭고 행복하다. 둘째는 신을 찾을 수가 없을뿐더러 찾으려고 하지 않는 사람들이다. 이런 사람들은 지혜도 없고 행복도 없다. 셋째는 신을 찾아 낼 수 없어도 찾으려고 애쓰는 사람들이다. 이들은 지혜는 있어도 아직 행복하지는 못하다.

—파스칼

3

진리에 대한 탐구가 시작되는 곳에서 언제나 인생이 시작된다. 진리에 대한 탐구가 중단된다면 인생도 중단되는 것이다.

–존 러스킨

4

지혜를 탐구하는 사람은 지적이라고 말할 수 있다. 그러나 그가 지혜를 찾았다고 생각한다면 그는 지혜를 갖지 못한 사람이다.

–페르시아 잠언

우리들이 자리하ㄱ 있는 ㄱ 자리가 귀중한 것이 아니라
우리들이 움직이고 있는 그 방향이 소중한 것이다.

필요한 지식

모든 사람에게 필요한 지식이 있다. 사람이 이러한 지식을 소유하지 못하는 한 그 외의 어떤 지식도 그대에게 해로운 것이다.

1

소크라테스는 제자들에게 언제나 이런 말을 했다. 올바른 교육에서는 모든 과목이 그냥 넘겨버릴 수 없는 일반적인 문제에 도달할 수 있을 정도를 필요로 한다는 것이다. 그는 기하학이나 천문학에 있어서 너무 깊은 연구에 몰두하는 것을 나무랐다. 왜냐하면 그런 일에서 무엇 하나 실제적인 이익을 찾아 볼 수 없었기 때문이다. 그러나 그것은 그 자신이 무지했던 것이 아니라 쓸데없는 일 때문에 아주 유익하게 쓰일 수 있는 시간이 낭비되는 것을 원하지 않았기 때문이었다.

2

무지를 두려워하라. 그러나 그보다 그릇된 지식을 더 두려워하라. 허위의 세계로부터 그대의 눈을 돌려라. 자신의 감정을 믿지 마라. 감정은 때때로 자신을 속일 수가 있다. 그러므로 그대 내면의 영원한 인간성을 탐구하라.

—붓다

3

학문이 높으면서 신을 사랑하는 자는 누구와 비교할까? 그는 연장을 손에 든 명공(名工)과도 같다. 학문은 있으나 신의 사랑이 없는 자는 연장이 없는 장색(匠色)과도 같다. 신을 사랑하고는 있지만 학문을 등한히 하는 자는 연장은 있으나 일을 모르는 공인(工人)과도 같다.

—탈무드

4

머리를 쓰는 일로는 배부른 기분이 안 난다. 열매를 잘 이용하

라. 잎을 헤아리던가 여러 가지 가치를 계산해 보았자 배는 부르지 않는다. 모든 것은 머리로 계산해서 행동하지 않아도 신에 의지하여 살아간다면 그보다 값비싼 행복을 배부르게 얻게 되리라.

-파라문교 경전

5

무익한 학문을 많이 배우기보다 그대에게 쓸모 있는 몇 가지 지혜로운 것을 아는 편이 더 낫다.

-세네카

일반적인 지식에 있어서나 특수한 지식에 있어서나
마찬가지로 필요 없는 것은 항상 해로운 것이다.

1월 26일 박해하는 자

많은 부자들이 행하는 바와 같이 생전에 이웃을 박해하는 자는 결코 자애로움을 보여 줄 수 없다.

1

자비란 긍휼(矜恤)에서 오는 것이다. 그 이외의 자비는 잔학

한 일면을 띠고 있다. 우리들이 남에게 약탈한 물건을 자선이란 명분으로 다른 사람에게 기부한다 해도 아무런 공로가 없는 것이다.

—조로아스터

2

가장 최악의 자선 가운데 하나는 '가난한 사람들을 위해서' 란 명목 아래 개최된 어느 공작부인의 보석 전시회였다.

3

부잣집에는 세 사람이 살면서 열다섯 개의 방을 가지고 있다. 그러나 거지와 하룻밤을 지내기 위한 방은 하나도 없다. 가난한 농부는 단칸방에서 일곱 명의 식구가 살고 있다. 그러나 낯선 나그네를 진심으로 반겨 맞는다.

4

우리가 사랑하고 아끼는 물건들 중에는 그것이 미완성이기 때문에 애착을 갖는 것도 있다. 미완성이란 인간의 법칙으로서 거기에는 노력이 필요하고, 인간 정의의 법칙으로서 사랑이 필요하기 때문에 신에 의하여 정해진 것이다. 완성이란 오직 신에게만 있다. 그리고 인간의 지혜는 완성에 가까워질수록 신과 인간과의 사이에 있는 끝없는 차이를 더욱 절실히 느끼게 되는 것이다.

—존 러스킨

5

지(智)의 첫 번째 요구는 아무리 어렵다 하더라도 자신을 아는 데 있다. 자애의 첫 번째 요건은 더욱 어렵다하더라도 자신에 만족하는 데 있다. 오직 이 같은 만족을 가질 수 있는 자만이 남에 대한 자비에 적극성을 가질 수 있는 것이다.

-존 러스킨

부유한 사람이 자비심이 생기면 무엇보다도
예수께서 부유한 청년에게 한 말을 실천하여야 한다.
"네 소유를 팔아 가난한 자들에게 주라."

1월 27일 사랑의 결과

사람을 사랑하는 것은 참되고 진실한 내적인 행복을 가져온다. 그 사랑은 인간을 타인과 신에게 결합시키는 것이기 때문이다.

1

인간의 정신적인 향상을 방해하는 것은 그 사람 자신이다. 또 몸이 약하거나 학문이 부족한 것이 정신 본성의 향상을 방해할 수는 없다. 왜냐하면 이 모든 것은 정신 속에 뿌리 내려 자라는 사랑에 의하여 정복되기 때문이다. 만일 이런 것들이 방해가 되었다면 그것은 그에게 사랑이 결핍되었기 때문이다.

—맬러리

2

지혜로운 사람은 자기에게 이익이 있기 때문에 사랑하는 것이 아니라 사랑한다는 것에 행복을 느끼기 때문에 사랑하는 것이다.

3

후회스럽다는 말을 하지 마라. 슬퍼해 봤자 무슨 소용이 있겠는가? 거짓은 말한다, 후회하라고. 그러나 진실은 말한다, 오직 사랑하라고. 신에게서 떠난 자는 살아 있지 않은 자와 같다. 모든 기억을 없애라. 우리들이 전진하는데 전통이란 관습은 방해가 된다. 지난 일을 말하지 마라. 사랑의 그늘 아래서 거하라. 그리고 모든 미련을 다 지나쳐 가게 하라.

—페르시아 성언

4

사람들이 성자에게 물었다.

"학문이란 무엇입니까?"

성자는 대답했다.

"인간을 아는 것이다."

사람들은 다시 물었다.

"도덕이란 무엇입니까?"

성자는 대답했다.
"사람을 사랑하는 일이다."

-중국 성언

5

행복이란 관점에서 본다면 인생 그 자체는 몹시 불안정하다. 욕망이 우리의 행복을 방해하기 때문이다. 의무도 역시 마찬가지이다. 의무를 완수하는 것은 평화를 가져오기는 하나 반드시 행복은 가져오지 못하기 때문이다. 오직 성스러운 사랑과 신에 대한 믿음이 합쳐져야만 곤란을 소멸시킬 수 있다. 만일 희생이 기쁨이 된다면 마음은 만족을 보장받을 수 있기 때문이다.

-아미엘

6

나는 때때로 이 세계를 변혁할 수 있는 힘을 내 자신 속에서 의식하고 있다. 우리 모두가 스스로의 사명과 이 힘을 의식하는 정도가 커지면 커질수록 점점 분명하게 새로운 세계가 이루어져 가는 것이다. 우리들은 신으로부터 직접 물려받으면서 신의 법칙의 입법자가 되는 것이다. 그러면 인간의 법칙은 우리들 앞에서 점점 시들어 버린다. 그리고 나는 내 자신 속에 있던 그 힘에게 묻는다.
"너는 도대체 어떤 놈이냐?"
그 힘은 대답한다.
"나는 사랑이요, 천국의 주인이다. 그리고 나는 이 지상의 주인도 되고 싶다. 나는 천국에서 가장 강한 자다. 또 지금 미래의 왕국을 건설하기 위하여 온 것이다."

-크로스비

사랑이 주는 용기 · 평화 · 환희는 참으로 위대하다.
사랑의 내적인 행복은 사람들 사이의 사랑에 의해서 얻는 외적인 행복을 추구하는 사람들로서는 깨달을 수 없는 것이다.

1월 28일 신의 법칙

인간이 따라야 할 법칙, 인간에게 자유를 주는 법칙을 알기 위해서는 육체적인 생활로부터 탈피하여 정신적인 생활로 향상됨이 필요하다.

1

나를 보내신 이는 참이시니 나는 그에게서 들은 것을 전하느니라. 그가 하나님 아버지에 대하여 말한 것을 사람들은 이해하지 못했다. 그래서 예수께서는 사람들에게 말했다.

"인간의 후예가 칭찬을 받을 때는 그대들은 내가 내 자신이 생각나는 것을 말함이 아니라, 하나님 아버지께서 내게 가르쳐 주신 것을 말하고 있음을 깨닫게 될 때이니라."

2

예수는 참된 예언자였다. 그는 인간의 영혼 속에 있는 비밀을 보았고 인간의 위대함도 알았다. 그는 그대나 자신 속에 존재하는 그것을 믿었고 인간의 모습을 가진 신을 보았다.

–에머슨

3

이 세상에 살아 있는 짧은 동안 영원한 인생의 법칙에 따라서 살아나가는 것이 필요하다.

–소로

4

인간의 영혼은 기독교적 본질을 가지고 있다. 기독교 정신은 인간을 높은 곳으로 올려놓는다. 여기에서 슬기로운 법칙에 따른 기쁨의 세계가 인간 앞에 전개되는 것이다. 참된 기독교 정신을 깨달은 사람에 의하여 경험된 감정이란, 어둡고 답답한 탑 속에 갇혔던 사람이 탑 위의 전망이 좋은 곳에 올라가서 지금까지 보지 못했던 아름다운 세계를 보았을 때 경험하는 그런 감정과 같다.

인간이 만든 법칙에 의식적으로 따르는 것은 노예가 되는 것이다.
신의 법칙을 순종하는 것은 자유로움에 이른다.

법칙

인간의 삶이란 지적인 의식이 작용하면서 시작되는 것이다. 지적인 의식은 인간에게 현재 및 과거에 있어서의 지혜 자체의 생활과 다른 개인적인 생활 요소를 동시에 보여 준다. 또한 이것과는 다른 개인적 생활 요소간의 관계에서 불가피하게 생겨나는 모든 것, 고뇌나 죽음을 보여 준다. 그리고 이 지적인 의식은 인간 속의 다른 개인적 생활 요소에 대한 부정을 낳으며 그로 인하여 그에게는 자기의 생활이 중단되는 듯한 모순된 생각마저 낳는 것이다.

지적인 의식에 눈뜨고 자기의 생활이 단지 개인적인 생활이라고 생각하게 된 인간은 매우 고통스러운 상태에 빠진다. 그 상태는 동물적인 생활 상태이다. 동물적인 생활은 단지 자신의 생활을 물질의 움직임이라고만 생각하고 자기 개성의 법칙을 알지 못하는 것이다. 또한 자기의 생활을 자기가 노력하지 않아도 완성되는 물질의 법칙이라는 굴종 속에서만 느끼는 것이다. 이와 같은 동물적 생활을 하는 자는 괴로운 내면적 모순과 돌이킬 수 없는 파괴를 경험하게 된다.

자기 스스로 자기를 키우는 것이라든지 종족을 존속시키는 따위의 문제에 직면하게 되면 동물적인 생활은 파괴와 부조리를 경험할 것이다. 인생은 중력의 법칙을 따른다고 생각된다. 즉 움직이지 않고 누워 있으면 육체 속에서 일어나는 과학적인 변화에만 따르게 된다는……

이런 경우에 동물적인 인간은 고민하며 파괴와 모순을 느끼게 될 것이다. 자기 생활 규칙의 낮은 법칙, 즉 동물적 생활 요소를 감지하도록 교육받은 인간도 역시 같은 것을 느낄 것이다. 숭고한 생활의 법칙과 인간의 지적인 의식 법칙은 인간에게 다른 어떤 것을 요구한다.

그리하여 생활 주변에 있는 모든 허위의 가르침이 기만적인 의식 속에 그 사람을 사로잡고 있어서 그는 모순과 파괴를 느끼는 것이다.

진실로 인간적인 생활은 두 개의 존재 양상과 떨어질 수 없는 결합에서 나타난다. 두 개의 양상이란 인간의 생활 속에 삽입되어 있는 것이다. 그것은 동물적인 존재와 식물적인 존재 그리고 물리적인 존재이다. 참된 인간은 보다 진실한 행복을 스스로 행한다. 그리고 스스로 생활해 나간다. 그러나 인간의 생활과 결부되어 있는 이들 두 개의 양상 속에 인간이 스스로 참여할 수는 없다. 인간을 구성하고 있는 육체와 물질은 각각 독립적으로 존재하고 있기 때문이다. 이들 존재 양상은 인간에게는 과거의 생활이며, 그의 생활 속에 들어있는 지난날의 추억처럼 생각되는 것이기도 하다. 인간의 참된 삶에 있어서 이들 두 개의 존재는 일하는 도구와 재료로써 다루어지기는 하나 결코 인간의 생활 그 자체는 아니다.

동물적인 요소는 인간 생활에 방해되지 않는다. 그것은 인간이 자기 평안의 목적을 이룩하기 위한 수단일 뿐이다. 동물적인 요소는 인간에게는 일하는 도구이다. 즉 인간에게는 삽의 역할을 한다. 삽은 지적인 본능에 대하여 파기도 하고 모으기도 하고 둥글게 또는 뾰족하게 하여 마음대로 사용하는 것이지 가만히 간직해 두라고 주어진 것이 아니다. 그리고 이것은 심어서 자라고 더욱 풍성하게 하기 위해 부여된 수단이며 능력이다.

인간이 자기 일의 재료와 도구를 익혀 안다는 것은 매우 중요하며 이로운 일이다. 그것들을 잘 알면 알수록 그가 일을 하는 데 있어서 더욱 더 나은 생태를 가질 수가 있게 된다. 인간이 자기 일의 재료와 도구를 일과 혼동시키는 것은 어쩔 수 없는 일이긴 하지만 혼동해서는 안 되는 일임에 틀림없다.

인간의 생활은 동물적인 요소를 지의 법칙에 따르게 하는 것말고는 생각할 수 없다. 인간의 생활은 시간과 공간 속에 그 모습을 드러낸다. 그러나 시간적이며 공간적인 조건에 의해서 한정되지는 않는다. 다만 동물적인 요소를 지혜의 법칙에 따르게 하는 정도에 따라서 한정되는 것이다. 시간적이며 공간적인 조건에 의하여 생활을 한정하려함은 물건의 높이를 그 길이나 폭으로 결정하는 것과 마찬가지이다. 평면에서 움직이는 동시에 수직을 향해서도 움직이고 있는 물체의 운동은 인간의 참된 생활이 동물적 요소나 시간과 공간에 대한 관계와 유사하다. 수직을 향한 물체의 운동은 평면에서의 운동으로부터는 독립되어 있는 것이고 그 때문에 더해지기도 하고 감해지기도 하는 것이다. 그것은 수직을 향한 운동이고 그것은 더욱 더 지혜에 따라야 한다. 그리고 시간적인 힘과 지혜의 힘 사이에 관계가 설정되고 생활 영역에서의 인간의 존재를 결합시켜서 향상시키는 정도 여하에 따라서 행위가 완성되는 것이다.

인간은 좀 더 참된 생활을 시작한다. 즉 동물적인 생활보다는 조금 더 발전하여 보다 더 높은 곳에서 불가피하게 죽음에 의하여 끝나버리는 동물적인 존재의 그림자를 보게 된다. 평면적인 인간의 존재가 모든 방면으로부터 산산조각 나는 것을 보고 그 높은 곳으로 오르는 것이 바로 생활 그 자체임을 깨닫게 된다. 그리하여 그 높은 곳에서 본 것에 그저 놀랄 뿐이다. 그리고 자기가 높은 곳으로 올라 갈 수 있는 힘이 있다는 것을 깨닫고 자기 앞에 열린 길을 따라가는 대신 높은 곳으로 올라가려 한다. 그러나 그 높은 곳에도 자기 앞에 나아가야 할 길이 열려 있음을 알고 이제는 아래로 내려가려 한다. 자기 앞에 전개된 것을 가능하면 보지 않으려고 낮은 곳에 엎드린다.

그러나 지적인 의식의 힘은 다시 그를 위로 끌어올린다. 그는 다시 앞을 본다. 그리고는 두려워하면서 그것을 보지 않으려고 아래로 떨어져 버리는 것이다. 그를 유인하는 인생의 파멸적인 이런 움직임 앞에 전개되는 공포로부터 자기를 구하기 위해서는 공간적이며 시간적인 그 평면에 있어서 행동만이 그의 생활이 아니라, 생활은 오직 수직을 향한 움직임 속에만 존재할 따름이며 개인적인 요소를 지적인 법칙에 따르게 하는 길 속에만 있는 것이다. 또한 생활은 인생에 있어 행복이라는 가능성이 그 중에 포함되어 있음을 그가 깨닫지 못하는 한 언제까지나 계속되는 것이다.

그는 자신에게 절벽 위로 끌어올리는 것이 있음을, 그리고 만일 그와 같은 것이 없다면 그는 결코 높은 곳으로 올라갈 리가 없으며 따라서 심연도 볼 수 없음을 이해할 필요가 있는 것이다. 그러므로 그는 자기의 날개를 신뢰하고 날개가 인도하는 곳으로 날아가지 않으면 안 되는 것이다.

–레프 톨스토이

1월 29일 성지(聖智)

성지(聖智)가 성스러움 때문에 형태를 나타낼 수 없을 만큼의 조건은 어떤 상태로든 존재하지 않는다.

1

세 가지 방법에 의하여 우리들은 성지에 도달할 수 있다. 그 첫째는 사색에 의하는 것으로 세 가지 중 가장 높고 어려운 길이다. 그 둘째는 모방에 의한 것인데 가장 쉬운 길이다. 마지막으로는 경험에 의한 것으로 이 길이 가장 고달픈 길이다.

―공자

2

사물을 이해한다는 것은 먼저 그 속으로 뛰어 들어가야 한다. 그 속에서 포로가 되었다가 석방되고 매혹되었다가 각성하고 열중하였다가 냉정을 되찾음이 필요하다. 이제 냉정을 찾을 때가 되었는데도 아직까지 열중하고 있는 자는 사물에 부딪쳐 보지 못한 자와 같이 그 사물에 대해 합당한 자격을 갖지 못한 자이다. 우리들은 어떤 일에 대해서든지 먼저 그것을 믿고 그 다음에 깊이 사고했던 것만을 이해하게 되는 것이다. 이해하기 위해서는 자유로움이 필요하다. 그러나 자유롭기 위해서는 먼저 그 일의 포로가 되어야 한다.

―아미엘

3

자기 자신을 알고 싶거든 남과 남의 일에 주의를 기울여라. 그러나 남을 알고 싶거든 자기 마음 속을 들여다보아라.

—쉴러

4

우리들이 흔히 인간이라고 부르는 것은 먹고, 마시고, 앉고, 계산하는 그러한 존재가 참된 인간이라 생각되지 않는다. 반대로 그것은 거짓의 인간을 나타내고 있는 것이다. 우리들은 인간을 존귀하다고 생각하는 것이 아니라 그의 정신을 존귀하다고 생각하는 것이다. 인간은 그 기능에 불과하다. 만일 그 인간이 오직 그 정신만을 나타낸다면 우리들은 그 인간에게 존경을 표할 것이다. 정신이 그 사람의 지혜를 통해서 나오면 그것은 천재이고, 그 사람의 의지를 통해서 나타나면 그것은 덕성이며, 그의 감정을 통해서 나타나면 그것은 사랑이다. 지혜로운 속담은 다음과 같이 말한다.

'신은 초인종을 누르지 않고 온다.'

이 뜻은 우리들과 영원과의 사이에는 장벽이 없음을, 인간(결과)과 신(원인)과의 사이에는 담장이 없음을 뜻한다. 벽은 제거되고 우리들은 모두 신의 본성의 깊은 모든 행위 속에서 벌거숭이가 된다.

—에머슨

5

정신은 그 자체로서 스스로의 재판관이며 검사이다. 모든 것을 잘 알고 있는 그대의 정신에 상처를 입혀서는 안 된다. 차원 높은 내면의 판단을 가로막아서는 안 된다.

–마누

6

인간의 가치는 그가 가지고 있는 진리에 의하여 측정될 수 없다. 그가 그 진리를 찾는 과정에서 맛본 고난에 의하여 평가되는 것이다.

–레싱

7

인생은 학교이다. 거기에서는 실패가 인생의 스승이다.

–그라나드스키

성지(聖智)는 그 성질로 보아 특별한 사람의 능력이라고
생각해서는 안 된다. 성지는 모든 사람에게 필요한 것이다.
그러므로 모든 사람이 얻을 수 있는 것이다.
성지는 스스로의 사명을 깨닫고 그것을 행하는
방법을 아는 것에 있다.

1월 30일 토지와 소유권

대지(大地)는 어떤 특정한 사람의 소유물일 수 없다.

1

소크라테스는 그가 어디 태생이냐는 질문을 받았을 때 자기는 세계의 시민이라고 대답했다. 그는 자신을 우주 전체의 주인이며 시민이라고 생각하고 있었다. *–키케로*

2

인간이 살고 있는 모든 땅이 지주들의 소유가 되어 지상에 대한 권리를 가진다고 생각하면 지주가 아닌 자는 지상에 대한 권리가 없음을 뜻하게 된다. 이렇듯 지주가 아닌 자는 지주의 동의를 얻는 그런 조건 아래에서만이 그들이 밟고 있는 곳에 대한 권리를 얻는 것이다. 따라서 만일 지주들이 그들에게 이 땅에 살 권리를 인정하지 않는다면 지주가 아닌 자는 이 땅에서 다른 생활권으로 뛰쳐나가지 않으면 안될 것이다. *–스펜서*

3

과거는 항상 우리들의 힘 밖에 있는 것이다. 우리들은 죽은 사람을 처벌할 수도 복수할 수도 없다. 과거의 죄악을 보복하려고 하면 우리들은 새로운 죄악을 범할 위험에 빠지게 될 것이다.

–헨리 조지

4

근본적인 과오는 신께서 모든 인간에게 공평하게 주신 땅을 몇몇 인간들이 사유할 수 있다는 어리석은 생각에 있는 것이다. 토지의 사유는 노예 제도와 마찬가지로 횡포이다.

–뉴먼

5

만일 토지에 대한 권리를 단 한 사람이라도 가지지 못한 자가 있다면 나의 권리도 그대의 권리도 그리고 모든 사람의 토지에 대한 권리도 부정한 것이다.

–에머슨

대지는 우리들 모두의 어머니이다. 대지는 우리들을 기르고 살 곳을 주고 우리를 즐겁게 하고 포근하게 감싸준다. 태어난 순간부터 어머니다운 품에서 영원한 안식을 얻지 못한 동안에도 그녀는 끊임없이 부드럽게 포옹해 주고 우리를 어루만져 준다. 새로운 생활에 대한 모든 깨우침을 주는 해 돋는 그 언덕은 우리들에게는 무엇과도 바꿀 수 없는 것이다. 우리들의 생모인 대지와 연결시켜 주는 뿌리는 신비하고도 오묘하다. 어떤 나무의 뿌리라 할지라도 이토록 튼튼하게 뻗은 것은 없다. 그러나 인간들은 토지를 매매하고 있지 않은가? 하나님 아버지의 뜻으로 만들어진 대지를 팔고 삼은 횡포요, 어리석은 짓이다. 다시 말하거니와 대지는 전능하신 신과 대지 위에서 일하는 인간의 후예와 그 인간들에게만 속할 수 있는 것이다. 대지는 어떤 일

개의 종족이나 시대의 소유물이 아니다. 그 위에서 일하던 모든 과거와 현재, 그리고 미래의 종족 및 시대의 소유물인 것이다.

-칼라일

그 누구도 땅을 소유할 권리를 가질 수 없다.

1월 31일 전제주의 부정

전제주의 부정, 그리고 횡포의 극심한 단계는 모든 사람들이 한결같이 남의 판단을 듣는 일없이 신념으로 그것을 용납해야 한다는 법칙을 세우고 있는 것이다. 무엇 때문에 그런 것이 사람들에게 필요하게 되는가?

1

"어때, 우리의 주장이 옳았지? 대중이란 항상 속일 필요가 있어. 보라! 저들이 얼마나 저속하고 야만적인가를!"

아니다. 정말 저속하고 야만적인 자들은 모두 사기꾼들이다. 무엇보다 먼저 자신부터 진실 하라. 그리하여 진실로써 대중들을 진정한 인간성으로 인도하라.

-괴테

2

만일 진실한 일이거든 모든 사람, 즉 부귀, 빈천, 남녀 노소를 막론하고 그것을 믿게 하라. 만일 진실이 아니거든 부귀, 빈천, 남녀노소를 막론하고 그것을 믿지 않도록 하라. 진실한 일이라면 지붕 위에서 큰소리로 떠들어 댈 필요가 있다.

-클리포드

3

학자라고 자칭하는 인간을 주의하라. 그들은 모임에서 인사받기를 좋아하고 교회에서 윗자리를 차지하고 마음에도 없는 기도를 오래 하는 인간을 주의하라. 그들은 무엇보다도 남을 비판하는 데 능숙하다.

4

참으로 한심스러운 일은 어느 시대를 막론하고 악인은 자신의 비열한 행위에 종교나 도덕이나 애국심을 가지고 봉사했다는 허울좋은 가면을 씌우려 애쓰고 있는 것이다.

-하이네

5

너희는 선생이라 칭함을 받지 마라. 너희 선생은 하나요, 너희는 모두 형제니라. 땅에 있는 자를 아비라 하지 마라. 너희 아버지는 하나이시니 곧 하늘에 계신 자니라. 또한 지도자라 칭함을 받지 마라. 너희 지도자는 하나이시니 곧 그리스도시니라.

Lev Nikolaevich Tolstoi

2월

Winter

February

2월 1일 정신적인 것

어떠한 이유로도 정신적인 것을 물질적인 것으로 바꿀 수는 없다. 그리고 정신적인 것이 물질적인 것에서 연유한다고 설명할 수도 없다.

1

우리는 개(犬)가 선택하고 생각하고 사랑하고 두려워하고 상상력이 있으며 연구할 수 있는 힘이 있는지에 대해서 잘 알지 못한다. 그러나 개의 내면에는 정욕도 감정도 아닌 서로 상충된 여러 물질이 결합해서 이루어진 유기체의 자연적이며 필연적인 운동을 하는 존재에 불과하다는 의견에는 동의할 수 있다. 그러나 나는 사색을 한다. 그리고 나는 사색하고 있음을 안다.

–라 브뤼예르

2

정신과 육체, 이 문제에 대하여 인간은 여러 가지로 생각하고 또 여러 가지로 기록하고 있다. 그러나 그대의 본질은 정신 속에 있음을 알아야 한다. 이것을 인식하여 정신을 육체보다 우선하고 정신은 인생의 모든 외부적인 더러움과 독선으로부터 경계하게 하고 육체로 하여 정신이 압박을 당하지 않게 하며 자기의 생활이 육체적인 것에 국한되지 않고 정신적인 것에 합류시켜야 한다. 그때 그대는 자신의 사명을 완수하면서 온갖 진실을 행할 수 있고 평화롭게 신의 나라에 살 수 있을 것이다.

–아우렐리우스

3

형이상학은 현실에 존재하고 있다. 과학과 같지는 못하더라도 자연적인 경향으로 존재하고 있다. 왜냐하면 인간의 이성은 어쩔 수 없는 힘으로 전진하는 것이고 또 그저 많은 지식을 얻고 싶다는 허영적인 희망을 버려야 한다는 것도 깨닫고 어떤 특별한 일에 대한 요구를 느낀다. 그리고 결국에는 어떤 지혜의 힘, 혹은 지혜에서 생겨난 원칙, 지혜 자체의 본원으로부터 벗어난 문제에 도달한다. 그래서 지혜가 사상에까지 확대된 모든 사람들에게는 항상 형이상학이 있었던 것이다. 그리고 앞으로 항상 있을 것이다.

–칸트

4

모든 문제는 정신(영혼)의 존재를 믿을 것인가 불신할 것인가에 속한다. 인간들은 정신적 관계에서 산 자와 죽은 자로 구분한다. 믿지 않는 자는 말한다. "대체 어디에 정신이 존재한다는 것인가? 먹고 즐기는 것이 내가 아닌가?"라고. 그래서 이 같은 인간은 깊은 사고도 없이 다만 외부 형상에만 집착하여 육체적이며 부정한 행위를 하고 거짓되고 거만하고 또 노예 근성이 있으며 향상하려는 사색이 없다. 자유, 진리, 사랑 그리고 이지는 모두 현실 세계에서 자취를 감춰버린다. 왜냐하면 그러한 인간은 죽어 있는 자이기 때문이다. 이 세상은 오직 살아 있는 자에게만 삶을 주는 것이기 때문이다. 죽은 자는 마르고 썩어갈 뿐이다. 정신적인 생활의 존재를 믿는다는 것은 인간 사상에 다른 방향을 제시해 준다.

그 존재를 믿고 숭고한 삶의 믿음에 눈뜬 자는 자기의 내면에 시선을 돌리고 자기의 감정, 사상을 발굴하는 데 노력하며 높은 희망의 요구와 조화되어 스스로의 삶을 바르게 하는데 힘쓰는 것이다. 그리고 자신의 행위에 의하여 자유로운 삶과 정의로움, 사랑이 충만하게 애쓰고 인생의 갖가지 사건에서 자신의 정신을 모든 선과 잘못됨이 없이 조화될 사상과 감정에 결합하도록 힘쓴다. 그리고 그는 진리를 구하면서 빛을 향하며 손을 내민다. 왜냐하면 이 세상의 생명이 태양의 빛이 없고서는 불가능하듯이 정신의 생활은 슬기의 빛이 없이는 불가능하기 때문이다. 그래서 슬기의 빛은 무엇보다도 고차원적인 것이다. 그것은 계명 속에 나타난 '나는 너의 하나님이다' 라는 것이다. 사람들 중에는 바보도 없으며 아주 완전한 빛의 인간도 없다. 모든 사람은 두 갈래 길목에 서 있는 것이다. 그리고 각자의 생각에 따라가기도 하고 오기도 한다. 그러나 정신의 존재를 믿고 슬기의 빛 아래 있는 모든 사람은 신의 나라에 있는 자이며 영원을 소유하고 있는 자이다. 그리고 마침내 때가 올 것이다. 그때에는 한 사람의 죽은 자도 없고 모든 사람들이 정신의 소리에 귀를 기울이게 될 것이다.

–붓다

정신적인 것과 물질적인 것의 구별은 단순한 어린이의 지혜나
가장 깊은 성자의 지혜로도 똑같이 분명한 것이다.
정신과 물질에 관하여 논쟁하는 것은 아무런 소득이 없다.
다만 분명하여 추호의 의심도 없는 것을 알지 못하게 될 뿐이다.

2월 2일 죽음

죽음에 관한 문제를 완전히 잊어버리는 생활과 시시각각 죽음이 가까워지고 있음을 두려워하면서 살아가는 것은 완전히 다른 것이다.

1

죽음에 부딪쳤을 때라도 우리는 죽음에 대해 생각하지 않는 편이 보다 편하다.

–파스칼

2

죽음에 대하여 자주 생각하라. 그리고 오래지 않아서 죽어야 할 사람처럼 살아라. 어떤 일을 해야 할 것인가를 그대가 아무리 번민하고 있을 때라도 밤이 오면 죽을지 모른다는 생각을 하면 그 번민은 곧 해결된다. 그리고 의무란 무엇인가? 인간의 소망은 무엇인가? 하는 것도 곧 밝혀질 것이다.

3

그대는 남을 질투하고 분노하고 복수하려고 할 것이다. 그러나 그 사람이 내일 죽을지도 모른다고 생각해 보라. 그러면 그 사람에 대한 나쁜 감정은 자취도 없이 사라지고 말 것이다.

4

나는 산책과 독서와 어린이를 무척 좋아한다. 그러나 죽음이 오면 이 모든 것을 빼앗기고 만다. 그 이유로 나는 죽음이 싫고 죽는 것이 두렵다. 나의 모든 생활이 순간적이고 지상의 욕망과 만족으로 이루어져 있을 때가 있다. 그러나 욕망과 만족이 변하고 다른 희망, 즉 신의 뜻을 따르고 지금 모습 그대로 그리고 장래에 있을 모든 모습으로 신을 섬기려는 희망으로 바뀐다면 죽음이 두렵지 않을 뿐더러 나에게 존재하지 않게 된다. 만일 나의 욕망이 완전히 바뀐다면 나에게는 삶 이외의 그 무엇도 존재하지 않게 된다. 즉 죽음도 존재하지 않는다. 세속적이고 순간적인 것을 영원한 것으로 바꾸는 것이 인생의 길이다. 그 길을 가지 않으면 안 된다. 그것은 무엇을 의미하는가? 그것은 누구나 각자의 마음 속에 알고 있다.

죽음을 회상할 필요는 없다. 죽음이 끊임없이 다가옴을 인식하고 적극적으로 평화롭고 즐겁게 살아가는 것이 필요하다.

2월 3일 선과 마음

선과 마음의 관계는 건강과 육체의 관계와 흡사하다. 그것이 있는 동안에는 언제나 눈에 띄지 않는다. 그러나 그것을 활용할 때에는 모든 일을 성공으로 이끈다.

1

덕이 높은 사람들은 스스로 덕이 높다고 생각지 않는다. 바로 이 점 때문에 그들은 유덕하다. 덕이 부족한 자들은 항상 덕을 강조한다. 그러므로 그들은 덕을 갖지 못한다. 덕성이 뛰어난 사람들은 과신하지 않고 자기를 내세우지 않는다. 그러나 부덕한 사람은 과신에 빠지고 자기를 항상 내세우는 것이다. 아주 선량한 사람은 실제로 착한 일을 하지만 그것을 나타내려 하지 않는다. 그러나 불량한 자는 자기만을 확대하고 그것을 나타내려고 힘쓴다. 정의심이 큰 사람은 실제로 행동한다. 그러나 그것을 선전하려고 하지 않는다. 반면에 정의심이 적은 자는 행동하면 곧 그것을 자랑하려고 애쓴다. 뛰어나게 예모가 있는 사람은 행동을 하고도 뽐내려 하지 않는다. 예모도 없이 무례한 자는 자기가 행동해도 누가 응해 주지 않으면 억지로라도 자기의 법칙을 강요한다. 이와 같은 높은 덕성을 의식하지 않을 때 자연스럽게 선량함이 나타난다. 그리고 예모를 잃었을 때 정의가 나타난다. 예의 법칙은 그저 정의의 모방이다. 그리고 모든 무질서의 시초이다. 지식은 이지의 꽃이다. 그러나 무지의 시초이다. 그러므로 성자는 꽃이 아니라 열매를 소중하게 여긴다. 최후의 것을 버리고 최초의 것을 잡는다. *–노자*

2

후덕한 사람은 길을 걸을 때 똑바로 끝까지 가도록 노력한다. 길을 절반도 못 가서 지쳐버리고 중단하는 것을 두려워하여야 한다.

–중국 성언

3

자기의 생활이 선(善)임을 아는 것은 무엇보다 보람 있는 보수이다. 선을 만들어 내는 기쁨을 알라. 선은 남몰래 베풀어라. 사람들이 그러한 선을 알았을 때 숨은 선으로 인하여 한층 더 아름답게 빛날 것이다.

4

신의 뜻은 우리 모두가 행복하게 살기를 원하며 불행과 고통

속에 살아가기를 원하지 않는다. 사람들은 서로를 기쁨으로 도와주는 것이지 슬픔으로 돕는 것은 아니다. *–존 러스킨*

5

사랑은 그것이 스스로의 희생일 때에만 사랑인 것이다. 인간이 친구에게 시간이나 능력을 줄 때뿐만 아니라 자기의 육체나 생활까지 줄 때 우리는 그것이 사랑임을 안다. 오직 그러한 사랑 속에서만 우리 모두는 행복을 찾고 사랑의 보수를 얻는 것이다. 사람들 사이에 그러한 사랑이 존재하는 것만이 보람이 있다.

선한 일을 행하는 버릇을 가지는 것만큼 인생을 아름답게 하는 것은 없다.

2월 4일 지혜의 세계

지혜의 세계는 끝이 없다. 인간은 진리 안에 있을 때만이 자유로울 수 있다. 그리고 진리는 지혜 속에서 시작된다.

1

이지적인 생물의 특징은 자기의 운명에 자유로이 순응함에 있는데 동물의 본성인 운명과 부끄러운 투쟁에 있지 않음을 망각해서는 안 된다.

—아우렐리우스

2

우리들은 이지의 힘에 의하여 불쾌한 모든 일을 극복할 수 있다. 이지가 밝은 사람은 지워버릴 수 없을 정도의 불쾌한 일을 인생에서 당하는 일이 없다. 그 사람에게는 불쾌한 일이란 있을 수 없다. 그러나 우리는 불쾌한 것을 똑바로 인식하려고 하지 않고 그것으로부터 탈피하려고 애쓴다. 거기에 더 큰 불행이 있다.

—에픽테투스

3

오직 지(智)의 보고(寶庫)만이 실제이다. 그것은 아무리 나누어도 없어지지 않는다. 나누면 나눌수록 커져만 간다. 이 같은 보고를 얻기 위하여 노력하지 않으면 안 된다.

—데모필

우리들은 자유롭지 못하다.
자신의 정욕이나 남에게 속박되어 있기 때문이다.
그것은 우리들의 이지로부터 멀리 있을수록 더욱 심하다.
참된 자유는 오직 오류를 제거해 주는 이지에 의하여 완성된다.

이성(理性)

이 세상의 모든 것이 그러하듯이 모든 새로운 이익이나 새로운 우월성이나 새로운 특권은 항상 그 일면에는 이롭지 못함이 있다. 그와 마찬가지로 인간에게 동물보다 큰 우월성을 부여한 이성은 그 일면에는 불이익을 주고 있는데 그것은 동물은 빠지지 않는 유혹의 길을 인간에게는 열어 놓았다는 것이다. 그 길로 인하여 동물로서는 인식할 수 없는 새로운 충동이 인간의 의지를 굴복시키는 힘을 얻게 된다. 이 새로운 충동이란 확실히 남에게서 나온 것이지 자기의 체험에서 얻은 것은 아니다. 그것은 다른 사람의 이야기나, 암시, 전통, 이성(지혜)의 가능성과 함께 곧 그에게는 오류의 가능이 열린다. 더욱이 모든 오류는 결국 해독의 원인이 되고 그 오류가 크면 클수록 커지는 것이다.

개인적인 오류에 있어서도 값비싼 대가를 지불하는 일도 있으나 그것이 민족 전체의 오류가 되면 그 피해의 규모는 엄청나게 크다. 그러므로 그 오류가 크고 작든 모든 오류는 인류의 적으로 알아 그것을 근원부터 제거해야 한다. 그리고 특권적 오류라는 것 - 이 이상 용서할 수 없는 오류란 있을 수 없음을 아무리 강조해도 지나치지 않다. 분별있고 양식 있는 사람은 오류와 싸워야 한다. 수술 받는 환자가 울부짖더라도 의사는 그 병을 제거하지 않으면 안 되는 것과 같이 인류가 고통 당할지라도 싸워야 한다.

현재 대중에게 행해지는 교육에는 어떤 특수한 훈련이 있다. 대중은 모범이나 습관 같은 아주 어릴 때부터 알고 있는 이해에 근거하여 성장한다. 또 그것들과 투쟁하면서 여러 가지 경험, 이지, 판단의 힘이 쌓인다. 이들 사상은 여러 가지로 혼합되어 아주 확고한 기초를 얻어 어떠한 다른 교훈도 받아들일 수 없게 되고 그 사상이 대중 속에서 생겨난 것처럼 생각된다. 철학자도 종종 그렇게 생각한다. 결국 대중들에게 진실된 것, 슬기로운 것을 가장 어리석은 것과 혼합시키는 일을 간단하게 이루어간다. 거기다 다음과 같은 일도 아주 간단하게 성취시킨다.

즉 대중들에게 신성한 것에 대한 공포심을 불러 일으켜 그 이름을 찬송하게 하면서 자기의 육체나 마음까지 먼지와 같은 존재로 생각하게 하고, 자기의 생활이나 재산을 말씀(계율)이나 이름 때문에 괴상하고 하찮은 것의 보호 아래 스스로 의탁하게 하며, 단순히 어떤 의지에 좌우되어 이것, 혹은 저것을 또는 최고의 영예, 혹은 최대의 모욕으로 생각하면서 아무런 비판도 없이 어떤 사람을 존경하고 혹은 모욕하며, 또는 힌두교와 같이 모든 육식을 멀리 하게 하고 반대로 아비시니아에서와 같이 살아 있는 짐승에서 살을 도려내어 아직 꿈틀거리고 체온이 남아 있는 상태로 먹듯이, 식인종처럼 사람을 잡아먹듯이, 혹은 자기 자식을 손으로 거세(去勢)하거나 스스로 불 속으로 뛰어들듯이, 모든 어리석은 짓에 미혹되게 하는, 즉 대중에게 무엇이든지 그들이 의도하는 것을 주입시키는 일은 조금도 어렵지 않게 할 수 있다. 그러므로 십자군은 상식에 벗어난 종교의 바탕이며, 이교도의 추종, 이교도 판결, 선고식 등 이들 모든 것이 인류가 범한 오류의 기나긴 기록 속에서 찾아볼 수 있다. 오류의 편견이 비극임은 그 실제적인 면에서 그러하다. 오류와 편견이 희극임은 논리적인 면에서도 그러하다. 아무리 어리석은 짓이라도 가르쳐지면 대중의 전체적인 신념이 된다. 슬기가 우리들 속에서 생긴 이롭지 못한 측면은 이상 말한바와 같은 일들이다.

-쇼펜하우어

유일한 진리를 탐구하고 그것을 깨닫는 가운데서도 사람들이 오류를 범하고 또 의견의 불일치가 있음은 이성을 믿지 않기 때문이다. 그 결과 습관, 전통, 양식, 미신, 편견, 강압 그리고 무질서한 인간생활로 흘러간다. 그러나 이성은 그 자체로서 존재한다. 만일 이성의 기능이 사색(思索)과 진리 탐구의 확대가 아니고 다른 어떤 일에 적용된다면 그것은 그들의 습관, 전통, 양식, 미신, 편견 그리고 그런 것에 의하여 조건 지워지는 것을 정당화하고 지지하도록 적용되는 것이다. 만일 사람들이 자기의 이성을 믿는다면 자기의 이성의 계시와 남에게 있는 그 계시를 비교하는 방법을 발견할 것이다. 그래서 서로 확증하는 그 방법을 알아서 사람들은 지혜의 기능 - 사색의 힘이 상충된 결과에 의해 상이한 점을 보여줌에도 불구하고 지혜 그 자체는 하나임을 확신하게 될 것이다.

이성(지혜)은 마치 시각(視覺)과도 같다. 눈은 사람에게 복사(輻射)의 크기에 의하여 시력의 통일성이 없는 법칙의 결과에서가 아니라 원시, 근시의 정도 차에 의하여 물리적인 여러 가지 한계를 표시하는 것이다. 그와 같이 사색은 사람에게 통일성이 없는 사색의 법칙의 결과에서가 아니라 지적인 원시, 근시의 정도여하에 따라 여러 가지 상이한 지혜 그리고 덕성의 한계를 보여 준다.

그리고 물리적 한계를 측정함에는 개개의 시점에 치우쳐지는 것은 하나의 공통된, 즉 가장 높은 시점에 일치시킴으로써, 또는 원근(遠近)의 정도의 차는 안경, 망원경, 현미경 따위에 의하여 동등하게 할 수 있다. 따라서 도덕적이며 정신적인 연구를 함에 있어서 어떤 하나의 관점에 치우치는 일은 그것을 공통된 높은 관점에 일치시킴으로써 균등하게 할 수 있으며, 지적(智的)인 거리감에 있어서는 교화의 힘으로 동등하게 할 수 있다. 교화는 평등하게 하는데 좋은 기능을 발휘하고 가장 지혜로운 사람의 말이 이 기능 앞에 나타난다.

지혜로운 사람은 인간에게 옛날부터 주어진 사상과 감정을 자연스럽게 발휘하도록 조력한다. 슬기로운 사람의 역할은 망원경과도 같다. 망원경은 장님에게 시력을 줄 수는 없으나 시력이 나쁘더라도 그 시력을 더해 줄 수 있다. 소크라테스는 산파와 비슷한 슬기로운 사람이었다. 산파는 여자에게 아이를 잉태하게 할 수는 없으나 아이를 태어나게 하는데 조력은 한다. 그러나 사람들이 유일한 진리를 인식함에 있어서 일치하지 못한 원인은 그저 시력의 차이에 불과하다. 지혜의 정도에만 있는 것이 아니다. 그 같은 불일치의 원인은 사람들의 자만심 속에도 뿌리박고 있다. 자만심 때문에 친구들의 증명 속에 내면적인 지혜를 인정하면서도 그 의견을 거들떠보지도 않는 태도를 고집스럽게 취하고 있는데 있다.

–스트라호프

2월 5일 물질적 세계와 영적 세계

물질적 세계에서 완성된 모든 것은 영적 세계에 그 근본을 두고 있다. 그러므로 한가지 사실에 대한 설명은 하나의 사실 속에서가 아니라 사실에 선행하는 사상 속에서 얻어지는 것이다.

1

무엇에 대하여 생각해야만 하는 것과 같이 무엇을 생각하지 말아야 하는 것도 중요하다.

2

우리들의 생활은 우리들 생각의 결과이다. 우리들의 생활은 마음 속에 생겨나는 우리들의 생각 속에서 생성된 것이다. 만일 사람들이 나쁜 생각을 가지고 말하거나 행동한다면 번뇌는 끊임없이 마치 마차바퀴와 말의 관계처럼 뒷덜미에 붙어 다닐 것이다. 하지만 사람들이 선량한 생각을 품고 말하거나 행동한다면 기쁨은 결코 우리로부터 떠나지 않을 것이며 그림자같이 늘 우리와 함께 있게 될 것이다.

—붓다

3

인간은 생활에 따라 변하는 것이 아니다. 물질적인 만족이 아무리 크다 해도 그것이 사람을 강하게 만들 수는 없다. 마음이 육체를 만드는 것이다. 오직 사상만이 그에게 보람 있는 생활을 약속해 주는 것이다.

-마치니

4

우리들의 사상이 좋고 나쁨에 따라서 우리들을 천국이나 지옥으로 데려간다. 이른바 천국 또는 지옥은 하늘이나 땅 속에 있는 것이 아니라 바로 우리의 인생, 즉 삶 속에 있는 천국이며 지옥인 것이다.

-맬러리

5

사상은 자유로운 듯이 보인다. 그러나 인간의 내부에는 사상을 규제할 수 있는 사상보다 굳센 그 무엇이 있다.

자기나 혹은 남이 이룩한 생활의 패턴을 바꾸기 위해서는 나타난 사건들뿐만 아니라 그 사건을 일으킨 사상과 투쟁하여야 한다.

2월 6일 욕망

우리를 가장 강렬하게 사로잡는 것은 쾌락을 탐하는 욕망이다. 이 욕망은 결코 만족이라는 것이 없다. 만족하면 할수록 더욱 커질 뿐이다.

1

노예가 얼마나 자유롭게 살고 싶어하는가를 보라. 무엇보다 먼저 쇠사슬에서 풀려나기를 원한다. 그는 그 사슬이 풀리지 않고는 자유롭고 행복하게 될 수 없다고 생각한다. 그는 말한다.

"사슬에서 풀려난다면 나는 곧 행복을 얻을 것이다. 나는 주인의 비위를 맞추거나 일해 줄 필요도 없고 주인과 동등한 위치에서 이야기하고 주인의 허락 없이도 마음대로 여행할 수도 있게 된다."

그러나 일단 쇠사슬에서 풀려나면 곧 그는 환심을 살 상대를 찾을 것이다. 이제는 주인이 먹여 주지 않으므로 밥을 얻어먹기 위해서이다. 그런 상대를 만나고자 그는 온갖 비열한 행동을 거리낌없이 할 것이다. 그러나 그는 이전보다 훨씬 더 고통스러운 노예가 되었음을 스스로 깨달을 수 있는 거처와 식사를 찾아내게 될 것이다. 만일 이러한 인간이 부자가 되면 음탕한 여자를 연인이라고 데리고 다닐 것이다. 그리고는 고민하고 울기 시작한다. 이전보다 고통스러운 일이 생기면 그는 노예 시절을 생각하면서 이렇게 말한다.

"주인과 함께 살 때에는 그래도 괜찮았지! 내가 걱정을 안 해도 밥을 주었고 신발도 옷도 입혀 주었지. 병이 나면 돌봐 주었고 일이란 별거 아니었다. 그런데 지금은 이 무슨 불행한 모습인가? 그때는 주인이 한 사람 뿐이었는데 지금은 도대체 몇 사람인가? 부자가 되려면 대체 몇 사람의 환심을 사야 하는가?"

그러나 이 노예는 완전한 깨달음에 이르지 못한다. 그는 부자가 되고 싶어서 갖은 고난을 참았다. 그러나 소망을 성취하고 나면 또 다시 여러 고민 속을 헤매고 있음이 틀림없다. 아무튼 그에게는 지혜가 없는 것이다. 그는 만일 위대한 장군이 된다면 모든 불행은 사라지고 자기는 세계의 총아가 되리라고 생각한다. 그러나 진정으로 모든 불행에서 자유롭게 되고 싶다면 스스로 각성함이 있어야 할 것이다. 무엇이 참된 인생의 행복인가를 깨달아야한다. 자기 인생의 한 걸음 한 걸음을 자기 마음 속에 흔적을 남길 수 있는 진(眞)과 선(善)의 법칙에 따라서 걸어나가는 것을 알아야 한다. 그 후에야 그는 참된 자유를 얻을 것이다.

-에픽테투스

2

지혜가 없는 자의 정욕은 끊임없이 커진다. 나팔꽃 덩굴 모양으로 끊임없이 자란다. 비열한 정욕에 사로잡힌 자는 나팔꽃 덩굴처럼 고뇌가 휘어 감긴다. 이토록 강한 정욕의 힘을 이겨낸 사람에게는 연꽃잎에서 빗방울이 굴러 떨어지듯 모든 고뇌가 떠나가는 것이다.

-붓다

3

탐욕에 빠진 사람들이 번민과 고뇌를 하며 저지르는 온갖 일은 모두 악하다. 선한 일은 평화로운 환경에서만 이루어지는 법이다.

4

자기 욕망이 강함을 자랑하는 자는 많다. 그러나 자기 욕망을 이겨내는 힘을 자랑하는 자들은 적다.

한때 매우 강렬한 욕망을 느끼던 일이 지금은
반항까지는 아니더라도 멸시를 느낌을 생각해 보라.
그대가 지금 갈망하는 일이 미래에 가서는 또 그와 같을 것이다.
욕망을 채우기 위해 얼마나 많은 것을
잃었는가를 생각해 보아야 한다.
미래도 현재와 마찬가지다. 욕망을 억제하도록 하라.
그와 같은 자기 억제는 가장 이익이 많고
또 가장 중요한 일이기도 하다.

2월 7일 자기 완성

자기 완성은 인간의 내면적인 일인 동시에 외부적인 일이기도 하다. 사람들과 교제하지 않고는 인간은 완성되지 않는다. 그가 다른 사람들에게 미치는 영향을 생각지 않고는 그의 완성을 생각할 수 없다.

1

인간에게는 세 가지 유혹이 있다. 강하고 거친 육체적 욕망과 도도한 교만, 그리고 악하고 불손한 이기심이 바로 그것이다. 이것들로 인해 모든 불행이 과거에서 미래로 또 영원히 인류의 무거운 짐이 되고 있다. 지상에 이 세 가지의 유혹이 없었더라면 보다 완전한 질서가 지배했을 것이다. 이렇게 무서운 사태를 유발시키는 것, 누구나 마음 속에 가지고 있는 무서운 병의 싹에 대하여 어떤 수단을 취해야 할 것인가. 그것은 각자 자신이 닦아야 하는 수양밖에는 도리가 없다. 이 악의 뿌리가 나의 마음 속, 아니 모든 사람들의 마음 속에 살아 있다면 영원히 온갖 슬픈 열매와 독이 가득한 씨앗, 즉 폭군, 노예, 이기주의, 학대 그리고 다른 불행과 음란을 가져오는 것이다. 모든 사람들이 각기 자기부터 개선하지 않고서는 어떠한 선으로의 전환도 있을 수 없게 된다.

–라므네

2

인내를 배우려거든 음악가 못지 않은 연습이 필요하다. 그런데 우리들은 언제나 선생님이 언제 올 것인가를 잊어버리고 있다.

–존 러스킨

3

하나님 아버지의 완전하심 같이 너희도 완전하다.

–성경

4

절대적 완전은 하늘의 법칙이다. 그러므로 완성, 즉 하늘의 법칙을 깨닫기 위해서는 각자의 모든 노력을 집중해야 된다는 것이 인간의 법칙이다. 끊임없이 자기 완성을 위하여 노력하는 자들은 성인이다. 성인은 선과 악을 구분한다.

–공자

5

활 쏘는 사람이 곧게 화살을 겨누듯 성인은 자기의 미숙하고 동요하며 완고하여 굽히지 않는 사상을 옳은 것으로 바꾸려고 힘쓴다.

–붓다

6

이상한 일이다. 사람들은 남에게서 주어지는 악에는 분노하지만 자신의 악과는 싸우려 하지 않는다. 자기는 남의 악을 없앨 수 없으나 자기의 악은 스스로 이겨낼 수 있는 것이다.

–아우렐리우스

7

가장 보편적이고 무의식적인, 그러나 때로는 의식적인 기만은 인간에게 필요한 유일한 것인 자기 완성을 향하여 그들의 힘을 집중시키는 데 방해가 되며 절대적인 완성에 도달할 수 없게 한다. 그러므로 그것에 도달하고자 하는 자기의 모든 노력은 하찮고 보잘 것 없는 것이라고 생각하는 것에 이루어져 있다. 완성의 목적은 완성의 상태에 도달하는 데 있는 것이 아니다. 그 상태에 도달하는 것은 불가능할 것이다. 완성은 단순한 이상이고 길 안내에 불과하다. 완성에 이르려는 목적은 정신 상태를 악에서 선으로 전환시키는 데 있다. 그 완성의 노력은 모든 인간에게 공통된 사명이다. 그러므로 완성은 언제 어디서나 모든 인간에 대한 끝없는 가능성이기도 하다.

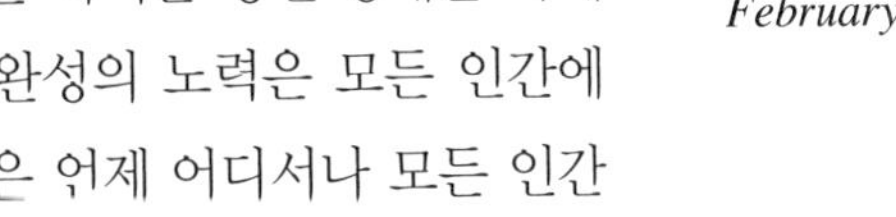

동물적인 생활에 심취하는 것은
자기에게도 남에게도 해로운 일이다.
그리고 자기의 정신적 생활을 잘하려고 하는 것처럼
자기에게도 또 남에게도 유익한 것은 없다.

2월 8일 타인에 대한 비난

사람들은 타인을 비난하기를 언제나 좋아한다. 동료들과의 교제를 원만하게 하기 위하여 남을 욕하지 않으려 해도 그것은 매우 어려운 일이다.

1

두 사람이 싸우고 있을 때에는 그 두 사람 다 나쁜 것이다.

2

뒤에서 나를 욕하는 자는 나를 두려워하는 자다. 그러나 앞에서 나를 칭찬하는 자는 나를 멸시하고 있는 것이다.

-중국 성언

3

비판을 받지 아니하려거든 비판하지 말라. 너희 비판하는 그 비판으로 너희가 비판을 받을 것이요. 너희 헤아리는 그 헤아림으로 너희가 헤아림을 받을 것이니라. 어찌하여 형제의 눈 속에 있는 티는 보고 네 눈 속에 있는 들보는 깨닫지 못하느냐? 보라 네 눈 속에 들보가 있는데 어찌하여 형제에게 말하기를 나로 네 눈 속에 있는 티를 빼게 하라 하겠느냐? 외식하는 자여, 먼저 네 눈 속에서 들보를 빼라. 그 후에야 밝히 보고 형제의 눈 속에서 티를 빼리라.

-성경

4

사람이란 언제나 남을 욕하는 경향이 있다. 남의 허물을 찾아내기에 정신이 없을 동안에 그의 분노는 더욱 커지고 그 자신은 점점 더 나쁜 상태에 빠진다.

–붓다

5

끊임없이 자기 자신을 주의하라. 그리고 남을 악담하기 전에 자기 자신을 수양하도록 하라.

6

만일 남을 악담하고 싶거든 자신의 마음에 끼치는 해독을 생각하라. 그리고 그것은 신에게 배반되는 것임을 알라. 그때 그대의 마음은 평온하게 될 것이다.

7

성실치 못한 칭찬도 함부로 하는 악담과 같이 많은 해독을 끼친다. 그러나 가장 중요한 해독은 악담 속에 만들어진 그것이다.

–존 러스킨

8

악담은 한꺼번에 세 사람을 해친다. 악담을 들은 자, 악담을 전한 자, 그리고 가장 치명상을 입은 자는 악담을 한 장본인이다.

타인을 헐뜯지 마라. 그렇게 하면 주정뱅이가 술을 끊었을 때,
혹은 골초가 담배를 끊었을 때의 감정을 경험하게 되리라.
그렇게 함으로써 거기에 부속되는
여러 가지 악습으로 다시 빠지는 일은 없어질 것이다.

2월 9일 생각이 얕은 자

전쟁으로 인한 손실이 아무리 크다 할지라도 단순하고 생각이 얕은 사람들의 마음 속에 품고 있는 선과 악에 대한 옳지 못한 이해로 말미암은 손해에 비하면 아무것도 아니다.

1

전쟁 때문에 눈을 뜨게 된 탐욕, 각 국민간의 증오, 전승(戰勝)에 대한 숭배, 승리 또는 복수에 대한 열망은 인간의 양심을 짓밟고 협동 본능을 저속한 맹목적 자아애로 변하게 한다. 이 자아애는 애국주의라고 그릇되게 일컬어지며 자유에 대한 사랑을 소멸시키고 남을 해치겠다는 야만적인 소원 때문에 또는 자기를 해치지 않을까 하는 공포 때문에 전제주의자나 정권 쟁탈자에게 굴복하도록 유도한다. 또 그와 같은 것들은 종교적인 감정의 본질을 변질시키므로 예수의 가르침을 지키는 자들까지도 살인과 약탈을 예수의 이름으로 축복하고 영주들에게 전승에

대한 감사를 돌리게 한다. 영주들을 위하여 지상에는 참혹한 시체가 가득하고 죄 없는 사람들의 마음은 슬픔으로 가득 차는 것이다.

–헨리 조지

2

어린아이가 웃고 있는 모습을 보라. 진실로 선량한 기쁨이 나타나 있지 않은가. 정신이 부패하지 않은 사람은 누구나 어린아이와 같다. 그러나 어떤 국민들은 외국인을 본 일도 없으면서 그들을 혐오하고 그들에게 줄 고뇌와 죽음을 준비하는 것이다. 국민들 사이에 이런 나쁜 감정이나 행동을 부채질하는 자들은 얼마나 엄청난 죄인일까.

3

가장 훌륭한 무기는 가장 흉악한 죄악의 도구가 된다. 슬기로운 사람은 무기에 의하지 않는다. 전승을 기뻐함은 살인 행위를 기뻐함과 같다. 살인을 기뻐하는 따위의 인간은 인생의 목적에 도달할 수 없다.

–노자

전쟁이란 가장 비열하고 타락한 인간들이
그 속에서 힘과 영광을 얻는 그러한 인간의 상태이다.

2월 10일 겸손

겸손은 인간을 확고한 기틀 위에 올려놓는다. 그러한 위치에 서면 자기에게 주어진 숙명적인 일을 성취할 수 있게 된다. 인간이 교만하면 할수록 그 기반은 약해지는 것이다.

1

물과 같이 행동함이 무엇보다 필요하다. 물은 둑이 있으면 멎고 방해물이 없으면 흐른다. 물은 그릇의 모양에 따라 모나기도 하고 둥글기도 한다. 이와 같은 성질 때문에 물은 그 무엇보다도 필요하고 또 무엇보다도 힘이 강하다.

–노자

2

인간은 자기의 내면을 성찰하면 할수록 자신이 보잘 것 없는 존재임을 통감한다. 성인의 첫째 가르침은 무엇인가? 그것은 겸손이다. 겸손에 대하여 그리스도와 그 사도들은 수없이 가르쳤으나 사람들은 그것을 일부분만 이해할 뿐이다. 겸손은 사람이 스스로를 알고자 할 때 그의 마음에서 최초로 생기는 감정이다. 겸손은 지혜를 깊게 하는 것이다. 자신의 약점을 안다는 것은 우리들에게 힘을 주는 것이다.

–찬닝

3

신의 가르침은 흐르는 물과 같다. 물이 높은 곳에서 낮은 곳으로 흐르듯이 신의 가르침은 오직 겸손한 사람들에게만 받아들여지는 것이다.

—탈무드

4

성인은 보다 많은 선행을 하고자 해도 힘이 부족함을 탄식한다. 그러나 사람들이 그의 선행을 알아주지 않거나 오히려 그를 오해하는 것은 조금도 슬퍼하지 않는다.

—중국 성언

5

성인은 높은 덕을 쌓을 때면 숨어서 한다. 그리고 자기의 선함이 누구에게도 알려지지 않음을 슬퍼하지 않는다.

—공자

6

학문을 탐구하는 자는 매일 세상의 주시 속에서 커가고 있다. 참된 지혜를 찾는 자는 날마다 점점 작아져 간다. 마침내 그가 모든 것에 대한 겸손에 도달했을 때는 이룰 수 없는 것이란 아무것도 없다.

—노자

7

자기에 대한 지식이 아무리 적은 자라 할지라도 자기의 결점을 더 많이 안다고 할 수 없다.

–웨슬리

8

스스로 남을 가르치거나 지도하였다고 생각하는 인간치고 특출하게 가르치거나 지도할 수 있는 자는 결코 없다.

–존 러스킨

자신의 힘을 알려고 노력하라.
자신의 힘을 알고 또 그것을 적게 평가하는 것을 두려워마라.
도리어 과장하여 평가하는 것을 두려워하라.

2월 11일 인간의 본질

신의 법칙을 성취하는 것이 인간의 본질이다.

1

불행, 특히 죽음과 고통은 인간이 육체적이며 동물적인 삶의 본질을 인생의 법칙이라고 생각할 때에만 나타나는 것이다. 인간이면서 동물의 영역으로 전락했을 때 인간은 죽음과 고통을 겪는 것이다. 죽음과 고통은 허수아비처럼 사방에서 그를 위협하고 그의 앞에 트인 단 하나의 길로 몰아넣을 것이다. 그 길이란 신의 법칙에 따라 사랑 속에 나타나는 것으로서 인간 생활의 한 형태이다. 죽음과 고통 그 자체는 인간에게는 인생의 법칙에 대한 위반에 불과하다. 참된 법칙을 준수한 사람에게는 죽음도 고통도 없는 것이다.

2

의무관념은 인간의 향락과는 아무런 관련이 없다. 의무에는 그 자체의 법칙, 그 자체의 판단이 있는 것이다. 그래서 만일 우리들이 마음의 고통을 없애려고 의무와 향락을 혼합해 버리려고 하더라도 그 두 가지는 각기 분리되어 버릴 것이다. 만일 분리되지 않는다면 의무의 관념은 결코 행위로서 나타나지 않을 것이다. 만일 육체적 향락 생활이 강하면 도덕적 생활은 사라지고 결코 되돌아오지 못할 것이다.

–칸트

3

건강, 기쁨, 애착, 선한 감정, 기억, 능력 등 이 모든 것들이 우리를 거부할 때, 태양이 식었다고 생각되고 모든 생활에 매혹을 잃었을 때, 모든 희망이 사라졌을 때, 우리들은 무엇을 할 것인가? 우리들은 미치광이가 될 것인가? 바위처럼 굳어버릴 것인가? 해답은 하나이다. 그래도 의무를 다하라. 만일 그대의 양심이 평화를 느끼고 자신의 처지가 떳떳하다면 하늘이 무너져도 걱정이 없을 것이다. 그대가 해야 할 일을 하라. 그 밖의 일은 신께서 하실 것이다. 설령 사랑의 신이 존재치 않는다 하더라도 일반적이며 공통된 큰 존재, 모든 것의 법칙 밖에 없다고 할지라도 결국 의무는 비밀을 여는 열쇠가 되고 행동하는 인류에 대한 안내인이다.

–아미엘

신의 법칙이
모든 종교의 교훈이나
정욕과 허황된 사상으로 가리지 않는다면
스스로의 인식에 의하여 그것을 깨달을 수 있는 것이다.
그리하여 신의 법칙을
인생에 적용하려는 시도에서 알 수 있다.

석가(釋迦)

기원전 5세기 초의 일이었다. 인도의 히말라야 산 기슭 베나레스에서 북쪽으로 며칠을 여행하면 가비라성에 도착된다. 이 성의 성주는 정반왕 수호다나였다. 정반왕에게는 두 명의 왕비와 두 명의 자매가 있었다. 두 왕비는 오랫동안 아이를 낳지 못했다. 그런데 노년에 이르러서야 연령이 위인 마야 왕비가 아들 싯달타(悉達多)를 순산했으므로 왕의 기쁨은 말로 형언할 수 없었다. 싯달타가 19살이 되었을 때 정반왕은 조카 딸인 야수다라와 결혼시켜 궁전에서 살게 했다. 그 궁전은 아름다운 숲과 정원 안에 세워진 것이다. 젊은 싯달타 부부가 사는 궁전과 정원에는 인간의 감정을 매료하는 온갖 것들로 충만했다.

소중한 아들을 항상 행복하고 즐겁게 해주고 싶었던 정반왕은 싯달타를 모시는 신하에게 엄명을 내려 슬픈 생각이 들게 해서는 안되며 또한 슬픈 생각에 젖을 수 있는 것들은 아예 보지 않도록 했다. 그래서 싯달타는 자기 궁전에서 한 걸음도 밖으로 나가지 못했다. 따라서 궁전에서는 상처난 것, 더러운 것, 늙은 것은 하나도 구경할 수가 없었다. 싯달타의 수종자들은 눈에 거슬리고 불쾌한 감정을 일으킬 수 있는 모든 것을 없애도록 애썼다. 더러운 것과 깨어진 것들도 모두 치워버렸다. 나무에서도 마른 잎은 모조리 뜯어버리고 여러 가지 동물도 병들거나 늙은 것은 젊고 발랄한 것으로 항상 대치해 놓았다. 주위에 있는 사람들도 모두 아름답고 젊은 사람이었음은 말할 것도 없었다. 이와 같이 싯달타는 언제나 자기 주위에서 20세 전후의 아름답고 씩씩하며 건장하고, 기쁘고, 즐겁고 풍요한 인생을 볼뿐이었다.

싯달타는 일년의 세월을 이런 상황 속에서 살고 있었으나 주위의 아름다운 환경에도 차츰 싫증이 나기 시작했다. 그는 드디어 궁전 밖에서 일어나는 생활을 보고 싶은 충동이 일었다. 그는 결국 마부를 불러 마차를 준비케 하고 어느 날 아침거리를 나서게 되었다. 그의 눈에 들어오는 이 모든 새로운 것, 즉 거리나, 집이나, 분주하게 다니는 사람이나, 여러 가지 옷을 입은 남녀나, 가게나, 물건 등 모두 그에게는 새롭고 흥미 있고 매혹적인 것이었다.

어느 큰 거리에서 싯달타의 주의 깊은 눈은 그가 지금까지 보지 못했던 광경을 응시하고 있었다. 그것은 인간의 처절한 모습이었다. 얼굴이 일그러지고 입을 벌린 채 거친 숨을 몰아 쉬면서 어느 집 벽에 기대 앉아서 큰소리로 고통스럽게 신음하고 있었다.

"저 사람은 왜 저런 행동을 하는가?"

싯달타는 마부에게 물어보았다.

"네. 저 사람은 병이 들었습니다."

"병이란 무엇인가?"

"병이란 몸이 나빠지는 것을 말합니다. 그래서 저 사람이 괴로워하고 있습니다."

"그래, 진정 괴로운 듯하구나. 그런데 왜 저 사람만 병이 들었느냐? 우리들에게는 병이 없단 말이냐?"

"누구나 다 병에 걸릴 수 있습니다."

"그렇다면 나도 병들게 되느냐?"

마부는 대답할 수 없었다. 싯달타도 그 이상은 묻지 않았다. 그곳을 지나 얼마를 가자 이번에는 싯달타의 마차를 향하여 한 노인이 구걸을 하면서 다가왔다. 등이 구부러지고 충혈된 눈에는 눈물이 가득한 채로 마르고 떨리는 다리를 겨우 끌면서 노인은 알아듣지도 못할 말을 이 빠진 입으로 중얼거렸다.

"이 사람도 병자인가?"

"아닙니다, 늙은 사람입니다."

"늙은 사람이란 무슨 뜻인가?"

"나이를 많이 먹은 사람입니다."

"왜 저렇게 되는 것인가?"

"오래 살았기 때문입니다."

"사람은 누구나 다 나이를 먹는 것이냐?"

"그렇습니다."

"집으로 돌아가자."

마부는 말을 몰았다. 그런데 거리를 빠져 나오자 들것에 시체를 싣고 어디론가 들어가고 있는 사람들로 인해 길이 막혔다.

"저것은 무엇인가?"

싯달타는 물었다.

"죽은 사람입니다. 저 사람들은 시체를 태우기 위해 어디론가 가는 것입니다."

"죽다니! 무슨 뜻이냐?"

"죽는다는 것은 인생이 끝나 버리는 것입니다."

"왜 끝나는 것이냐? 인생이 끝나는 일이 있느냐?"

"사람이 죽으면 인생은 끝입니다."

싯달타는 마차에서 내려 시체를 운반하는 사람들 곁으로 갔다. 시체는 눈을 뜨고 입은 벌리고 몸은 아주 말라 있었다. 그리고 꼼짝도 않고 누워 있었다. 죽은 시체만이 움직이지 않고 누워 있는 것이다.

"왜 이 사람이 이렇게 되었느냐?"

싯달타가 물었다.

"누구나 다 이렇게 됩니다. 인간은 모두 죽는 것입니다."

"인간은 누구나 다 죽는 것인가?"

싯달타는 힘없이 되풀이했다. 그는 마차를 타고 머리를 숙인 채 집으로 돌아왔다. 싯달타는 하루종일 정원 한 모퉁이에 앉아서 자기가 보았던 일을 생각하고 있었다. 모든 사람이 병들고 늙고 결국에는 죽어버린다. 한 시간 후에는 병에 걸릴지도 모르는 일, 시간마다 나이 먹고, 시들고 그리고는 힘을 잃어버리는 것, 또 한 시간 후면 죽어버릴지도 모르는 일, 마침내 죽어버릴 것을 알면서도 왜 인간은 살아갈 수 있을까? 죽는다는 것을 아는 이상 어떤 일에 기뻐하고, 또 살기 위하여 무엇을 할 수 있단 말인가?

'이런 것에서 벗어날 길을 찾아야 한다. 나는 그것을 기어코 찾고야 말겠다. 그리고 이 길을 사람들에게 알려 주어야 한다.'

그는 스스로에게 다짐하였다. 싯달타는 결심했다. 그리하여 다음 날 저녁 그는 마부를 불러서 마차를 준비하고 성문을 열어 놓을 것을 명령했다. 궁전을 떠나기 전에 그는 아내에게로 갔다. 아내는 깊이 잠들어 있었으므로 마음 속으로 작별 인사를 하고 수종자들도 깨지 않도록 조심스럽게 걸으면서 다시는 궁전으로 돌아오지 않겠다는 결심을 하고 떠났다. 말이 달릴 수 있는 데까지 자기 나라를 등지고 떠나와서는 말에서 내려 말을 보내고 홀로 걸어가다가 중을 만나 그 중에게 간청하여 옷을 바꾸어 입고 머리를 깎아 중생 제도의 도를 구하면서 방랑의 길에 오른 것이다.

싯달타는 먼저 파라문교의 성승(聖僧)을 찾아가 가르침을 받았다. 그러나 윤회의 사상과 모든 욕망을 억제하고 몸을 정결케 하라는 그교(敎)는 그를 만족시키지 못했다. 그는 그 중을 떠나 깊은 산 속으로 들어가 단식과 노동을 하며 6년의 세월을 보냈다. 왜냐하면 구원이란 자기의 육체적 욕망을 금하고 괴롭힘에 있다고 배웠기 때문이다. 그러나 그 길도 그를 만족시키지 못했다. 단식하고 몸을 괴롭힌 까닭에 그는 몸을 움직일 수 없게 되었다. 더구나 구원도 찾지 못했으므로 그는 단식과 육체를 괴롭히는 일을 중단하고 사색과 뉘우침 속에서 구원을 찾기로 했다. 그 무렵에 제자들이 몰려오고 영광이 주어지고 찬양을 받게 되었는데 차츰 강한 유혹이 나타났다. 그는 다시 궁전의 영화가 그리워지고 아버지와 부인 곁으로 돌아가고 싶은 충동이 일어났다. 그러나 그는 자기의 덕성이 타락했음을 깨닫고 제자들과 찬양을 멀리하고 아무도 모르는 곳으로 가버렸다. 오랫동안 그는 마음 속의 갈등으로 번뇌했다. 그러던 어느 날, 그가 보리수 아래 앉아 깊은 사색을 하고 있던 중 불현듯 구원의 광명이 비쳤다. 그 구원의 길은 다음과 같은 것이었다.

모든 육체적인 것은 순간적인 것이고 언젠가는 소멸하지 않으면 안 된다. 인간이 육체에 구애받고 있는 한 고통과 쇠퇴와 죽음에 사로잡혀 있을 것이다. 여기에서 탈피하려면 어떻게 하면 좋은가? 인간의 마음이 육체적인 것에만 국한되어 있는 한 인간은 단순히 살아가기를 원한다. 그리하여 욕망이 충족되지 않는 불만과 죽음의 공포가 결국 고통을 가져온다. 그러므로 우선 육체적인 추잡한 욕망을 없애야 한다.

그의 가르침은 4개의 진리에 대한 자의식 속에 성립되어 있다. 첫째는 모든 인간은 고통에 잠겨 있다는 것이다. 둘째는 고통의 모든 원인은 육욕에 있다. 셋째는 고통은 육욕을 제거함으로 피할 수 있다. 넷째는 해탈, 즉 구원은 네 가지 단계에 의하여 완성된다는 것이다.

첫째 단계는 심령의 깨우침이고, 둘째 단계는 부정한 생각이나 복수심을 버리는 일이며, 셋째 단계는 의심이나 원한이나 분노에서 해방되는 것이고, 넷째 단계는 자애(慈愛)이다. 이 사람은 인간에게만이 아니라 무릇 목숨이 있는 모든 생명체에 대한 사랑이다. 자기 육욕을 없애기 위해서는 나쁜 생각에서 깨끗한 마음으로 돌이켜야 한다. 참된 교화, 참된 자유는 오직 사랑 안에만 있다. 자기 육욕을 사랑으로 바꾸는 행위에서만이 무지나 정욕의 사슬을 끊고 고통과 죽음을 피할 수 있는 것이다.

위에서 말한 가르침은 10개의 계율로 표현된다.

1. 살생하지 마라. 생명을 소중히 여겨라.
2. 도둑질하지 마라. 빼앗지 마라. 자신의 노동에 의하여 만들어진 것이 모든 사람에게 이롭게 되도록 노력하라.
3. 불순한 해독에서 깨끗한 생명을 보존하라.
4. 거짓말을 하지 마라. 두려움이 없는 사랑으로 하라.
5. 나쁜 소문은 마음에 두지 마라. 못된 거짓을 전하지 마라.
6. 헛된 맹세를 하지 마라.
7. 쓸데없는 이야기에 시간을 낭비하지 마라. 용건만 말하라. 그 밖에는 입을 열지 마라.
8. 이욕(利慾)을 쫓지 마라. 시기하지 말고 이웃의 행복을 기뻐하라.
9. 마음에서 악을 쓸어내어 청결케 하라. 적에게 증오심을 품지 마라. 오히려 모든 것을 사랑의 눈으로써 보라.
10. 무신앙에서 벗어나라. 그리고 진리를 깨닫도록 애쓰라.

싯달타는 이와 같은 가르침으로 설법하고 전하였다. 처음에는 제자들이 그를 버리고 떠났으나 다시 돌아오기도 했다. 그리고 석가는 파라문교도로부터 박해를 받았으나 그의 가르침은 더욱 확장되어 갔다. 석가는 60년이란 긴 세월을 여러 곳으로 다니며 설법하였다. 어떤 마을에서 다른 곳으로 가는 도중에 그는 심한 피로를 느낀 나머지 "목이 말라 괴롭다." 그러자 제자들이 물을 가져다 주자 조금 마신 후에 잠깐 쉬고는 다시 걷기 시작했다. 그러나 발타 강변에서 그는 다시 걸음을 멈추고 나무 아래 앉아서 제자들에게 말하였다.

"죽음이 가까운 것 같다. 내가 죽은 후라도 그대들에게 말한 것을 모두 명심하고 있으라."

그의 사랑하는 제자 아난타는 그 말을 듣고 참을 수가 없어 옆으로 물러가서 울었다. 싯달타는 그를 위로하여 말하였다.

"아난타! 이제 그만 울어라. 울거나 소란을 피우면 안 된다. 우리들은 앞서거니 뒷서거니 친한 모든 자들과 이별하지 않으면 안 된다. 이 세상에 그 무엇이 영원한 것이 있으랴. 나의 벗이여!"

그는 다른 제자들을 향하여 말하였다.

"내가 그대들에게 가르친 대로 살아라. 정욕의 그물에서 벗어나라. 내가 가르쳐 준 길을 따르라. 모든 육체적인 것은 파멸을 피할 수 없으나 진리는 파멸되지 않는 것이고 영원한 것임을 잊지 마라. 그리고 그 속에서 자기의 구원을 찾으라."

이것이 그의 마지막 말씀이었다. 이 말을 마치고 입을 다물어 그는 이 세상에서 조용히 사라져 갔다.

2월 12일 죽음

누구를 막론하고 우리를 기다리고 있는 죽음만큼 확실한 것은 없다. 그러나 우리는 누구나 죽음 따위는 아랑곳하지 않고 생활하고 있다.

1

육체의 죽음과 동시에 우리의 인생은 끝나는 것인가? 이 의문은 중대한 것이다. 그러나 인간은 이 문제에 대하여 깊이 생각하는 일이 드물다. 인생이 영원한가 그렇지 않은가, 우리가 지혜로운가 무분별한가를 한번 생각해 보라. 지혜로운 행실의 기초는 참된 인생이 영원한 것이라고 믿는 데 있다. 그러므로 우리들이 최초로 마음을 괴롭히지 않으면 안될 일은 인생은 분명히 불멸하는 그 무엇이 있다는 점을 확실히 알며 그것을 이해하는 일이다. 그러나 이 문제에 대하여 무관심한 자들이 많다. 자신의 문제임에도 불구하고 그토록 무관심함은 나를 놀라게 하고 초조하게 만든다.

–파스칼

2

우리들 위에 신이 계시고 영원함이 우리 앞에 있다면 모든 것은 달라져 버린다. 우리들은 악 속에 선을, 어둠 속에 빛을 볼 수 있고 희망이 절망을 추방하리라. 이상의 두 가지 가정에서 어느 것을 믿을까? 그러나 이렇게 말할 수 있다. 인간은 도덕적인 존재이다. 그리고 인간에게는 오늘날 존재하는 질서를 저주할 의무도 부여되어 있는 것이고 세상의 모순을 해결할 수 있는 길이 존재하고 있다. 만일 신, 그리고 미래의 생활이 없다면 인간의 현실과 자기의 일생을 저주하여야 할 것이다. 반대로 신과 미래의 생활이 있다면 인생은 그 자체가 행복하게 될 것이다. 그리고 이 세상은 도덕의 완성, 행복과 신성함이 끝없이 거쳐 갈 고장이 되리라.

-에머슨

3

자기의 삶을 깊이 인식하면 할수록 죽음에 의한 파멸은 믿지 않을 것이다.

4

우리는 가끔 죽음과 그 죽음에 직면했을 때의 변화를 상상해 보려고 애쓰나 그것은 마치 신의 모습을 상상할 수 없듯이 불가능한 일이다. 가능한 일은 죽음도 신이 주는 모든 것과 같이 선임을 믿는 것이다.

5

인간 내면의 느끼고, 깨닫고, 살고 그리고 존재하는 근원이 무엇이든 신성하며 신성하기 때문에 영원한 것이어야 한다.

-키케로

죽음을 깊이 생각해 본 일이 없는 인간만이 불멸을 믿지 않는다.

2월 13일 종교와 철학

종교는 모든 사람의 이해를 구할 수 있는 철학이며, 철학은 모든 종교의 증명이 된다.

1

나는 무엇보다도 아무런 증명도 필요치 않는 다음과 같은 기초적 명제를 받아들인다. 인간이 선한 생활이 아니더라도 신에게 적응할 수 있다고 생각하는 것은 어느 것이나 기만이며 신에 대한 거짓된 봉사라 할 수 있다.

–칸트

2

기독교의 도덕적 특징은 도덕적으로 선과 악을 하늘과 땅을 구별하는 것과 같이 하지 않고 천국과 지옥을 구별하듯 해야 한다고 생각하는 점에 있다.

–칸트

3

종교는 단순한, 그리고 마음을 합한 성지(聖智)이다. 성지는 이성에 의하여 바르게 증명된 종교이다.

4

지식을 얻으려는 생각은 신앙에 대한 무능력과 함께 성장하는 것이다. 교양에는 저울눈이 있다. 그 저울눈에는 모든 신앙, 모든 계시, 모든 권위가 증발하는 증발점이 있는 것이다. 그래서 사람들은 스스로 배우고 확신을 얻고자 한다.

–쇼펜하우어

5

지금 무슨 일이 벌어질지 어떤 환경에서 살아갈지 깨닫지 못하면서 어떻게 살아나갈 수가 있겠는가. 우리들은 무엇이 우리를 기다리고 있는지 알지 못할 때에만 참된 삶이 시작되는 것이다. 오직 그때에만 인생을 창조하는 신의 뜻을 이루어 가는 것이다. '신만이 알고 계신다' 라고 하는 삶만이 오직 신과 신의 법칙에 대한 신앙을 입증해 준다. 오직 그때에만 자유가 있고 삶이 있다.

종교도 철학적 사색에 빛을 줄 수 있다. 철학적 사색은 종교적 진리를 확실하게 할 수 있다. 그러므로 살아 있든 죽어 있든 간에 진실로 종교적인 사람과 철학적인 사람과의 교제를 청하라.

2월 14일 마음

인간 속에 신의 마음이 깃들어 있다.

1

사람이 거듭 나지 아니하면 하나님 나라를 볼 수 없느니라.

-성경

2

사랑과 지혜는 한 물체의 두 측면이다. 이 두 개의 측면에 의하여 우리들은 신을 생각할 수 있다.

3

'마음은 만족할 때가 없다.'

신분이 천한 사나이가 어떤 공주와 결혼을 했다. 그 사나이는 공주를 영화와 온갖 호사로 행복하게 하려 했으나 헛수고였다. 공주에게는 그런 모든 것이 귀찮기만 했다. 공주는 언제나 자기의 고귀한 신분만을 생각하고 있을 뿐이다. 인간의 마음도 이와 꼭 같은 것이다. 인간이 자기의 마음을 오직 현실적인 만족으로 에워싼다면 결코 만족을 느낄 수 없으리라. 왜냐하면 마음은 하늘의 딸이기 때문이다.

-탈무드

4

설령 사람들이 선이란 무엇인지 알지 못한다 할지라도 사람들은 자기의 마음에 그것을 간직하고 있는 것이다.

—공자

5

신은 그대 곁에 있다. 그대의 곁에, 그리고 그대 속에 있는 것이다. 그렇다! 나는 확신한다. 우리들 내부에 모든 선과 악의 증인이며 감시인인 신성한 정신이 깃들어 있음을…… 그것은 우리들과 함께 걷는다. 또 우리들은 그것과 함께 걸어오기도 한다. 그 누구도 신이 없이는 선할 수 없다. 오직 신의 도움에 의하여 행복과 불행을 초월한 자리에 있을 수 있는 것이다. 신으로부터 만이 위대하고 가장 높은 결정이 보내어진다. 덕이 있는 모든 사람의 마음에 신은 깃들어 있다.

—세네카

6

그대가 인간의 마음을 보지 못하는 것처럼 신도 보지 못했을 것이다. 그러나 그대는 신이 창조한 모든 창조물을 통해 그 속에 신이 존재한다는 것을 깨달았을 것이다. 그리고 마침내 그대의 마음 속에 있는 신을 발견할 수 있을 것이다. 그대는 자신의 마음 속에 깃들어 있는 신의 힘을 무시하지 못할 것이다. 그 힘은 완성을 향하여 전진하는 능력을 통해 나타난다.

—세네카

7

마음은 그 자체가 마음의 증명이다. 마음은 마음 자체에 대한 피난처이다. 인간의 내적 생활에 대한 높은 증명인, 공평한 그대 자신의 마음에 상처가 나게 하지 마라.

–인도 성언

인간 속에 신이 계심을 명심하는 것은 그 무엇보다
강하게 인간을 악으로부터 멀어지게 하고 선을 행하게 도와준다.

2월 15일 두 가지 단순성

단순함에는 자연 그대로의 단순성과 지혜로부터 오는 단순성이 있다. 전자는 사랑을 불러오고 후자는 존경을 불러온다.

1

인생 문제의 대부분은 방정식과 같이 풀 수 있는 것이다. 그래서 그 해답을 가장 단순한 형태로 나타낼 수 있다.

2

진리를 나타내는 표현에는 항상 꾸밈이 없다. 그리고 항상 단순하다.

—마르셀리우스

3

가장 위대한 진리는 가장 단순한 것이다. 단순함은 언제나 사람을 매혹시키는 힘이 있다. 어린이와 동물의 매력은 그 단순함에 있다.

4

교묘하게 말하고 빈틈없는 태도로 응대하는 사람치고 높은 사랑과 덕을 가진 자는 드물다.

—공자

5

단순한 말은 좋은 말이며 모든 사람에게 이해된다. 그리고 가장 깊은 사상을 함축하고 있기도 하다.

—동양 명언

모든 기교적인 것, 교활한 것, 주의를 끄는 행위를 피하라.
단순만큼 사람을 사랑으로 쉽게 인도하는 것도 없다.

2월 16일 참된 생활

참된 생활은 빈틈없는 주의와 끊임없는 노력에 의하여 얻어진다.

1

구하라 그러면 너희에게 주실 것이요. 찾으라 그러면 찾을 것이요. 문을 두드리라 그러면 너희에게 열릴 것이니 구하는 이마다 얻을 것이요. 찾는 이가 찾을 것이요. 두드리는 이에게 열릴 것이니라.

–성경

2

끊임없이 이어지는 작은 의무를 수행해 가려면 영웅 못지 않은 힘이 필요하다.

–루소

3

험한 길을 걸어가면서 과연 끝까지 걸어갈 수 있을까 의심하는 자는 도덕이 무엇인지 알고 있으면서도 그것을 의심하는 자와 같다. 걷는 길을 의심하면 그는 벌써 그 길을 갈 수 없는 것이다. 현실 생활에는 여러 가지 의심이 있을 것이다. 그러나 자기 앞길에 절벽이 있음을 알면서도 그 길을 걸어가는 사람처럼 도덕의 길을 걸어가야 한다.

—불경

4

그대에게 위대하고 선한 것이 있다고 하더라도 그것은 결코 한두 번 불러서 나타나는 것도 아니고 고난 없이 쉽게 보이는 것도 아니며 소리 없이 사랑방에 나타나는 것도 아니다. 신의 길은 가시밭길이며 험준한 길이라고 폴 피리는 말했다.

—에머슨

5

무엇보다 도덕에 벗어나지 않은 생활을 하도록 힘쓰라. 거기에 익숙해지면 질수록 무엇보다 큰 기쁨이 될 것이다. 가득 찬 잔에서 물이 엎질러지지 않게 하려면 잔을 조심스럽게 들고 있어야 한다. 칼날을 예리하게 하려면 끊임없이 갈지 않으면 안 된다.

—노자

행복을 원한다면 신의 법칙을 따르라.
신의 법칙을 따르는 것은 오직 노력에 의해서만 가능하다.
이 노력은 삶의 기쁨이 되어 자기에게 돌아오고
우리들이 신의 사업에 동참하고 있다는 의식을 주기도 한다.

2월 17일 평등

평등이란 이 세상 모든 사람들이 행복을 위해 공통된 권리를 가지고 공통의 생활에서부터 우러나오는 행복 위에 공통된 권리를 가지고 있음을 이해하는 것이다.

1

우리들은 이 세상에서 기독교가 그 본질이 어떻게 변질되었으며, 믿는 자가 적고 바른 신앙이 존재하지 않음에 놀란다. 그러나 참된 행동을 이룩함은 그 사명으로 하는 이 가르침 외에 그 무엇이 또 있을까? 모든 사람이 하나님의 아들이며 모든 사람이 형제이고 모든 사람이 신성하다는 것을 사명으로 하고 있는 가르침이 예수교 이외에 무엇이 있는가? 참된 평등은 계급이나 지위, 사유재산을 용납지 않으며, 불평등의 가장 무서운 무기인 폭력을 파괴하는 것이다. 평등은 사회적 표준에 의해 실현되는 것이 아니다. 그것은 신에 대한 사랑, 그리고 인간에 대한 사랑에 의하여 실현된다.

2

평등이란 불가능하다고 흔히 말한다. 왜냐하면 사람들은 항상 변하고 한 사람이 다른 사람보다 힘이 세고 더 지혜가 많기 때문이다. 그러나 리히텐베르크는 어떤 사람이 다른 사람보다 힘이 강하고 지혜가 많기 때문에 권리의 평등이 더욱 필요한 것이라고 말했다. 만일 지혜와 힘이 불평등한데 거기다 권리마저 불평등하다면 약한 자가 강한 자에게 받는 폭압은 더욱 커져 갈 것이기 때문이다.

3

이 세상에서 어린이만큼 참된 평등을 실현하고 있는 존재는 없다. 그러나 어른들은 어린이들에게 있는 이 신성한 감정을 깨뜨려 버리며 방해한다. 그들은 어린이들에게 존경해야할 왕이나, 부자나, 귀인이 있는가 하면 반대로 은혜를 베풀어주어야 할 노예나, 노동자나, 거지가 있다고 가르친다. 선량한 어린이의 특징을 그릇되게 유혹해 가는 자는 누구냐?

평등은 불가능하며 먼 장래에나 있을 것으로 생각하지 마라.
어른들은 평등을 어린이들에게서 배우라.
그러면 평등은 곧 얻어질 것이다.
그것은 시설이나 법률을 통해서가 아니라 그대의 생활,
그대와 교제하는 사람들과의 관계에 의하여 얻어진다.
스스로 위대하고 고귀한 인간이라고 자처하는
자들에게 굴종하지 않고 또 스스로 비천하고 하찮은
인간이라고 생각하는 자들에게도 모든 사람에게 대함과 같이
존경을 보여 주는 것에서 얻어진다.

2월 18일 자기 부정

인간은 자기 부정을 가지면 가질수록 사람들에게 더욱 큰 영향을 줄 수 있다. 자아는 신을 가리고 있는 장막이다.

1

오로지 신만을 사랑하고 자아를 경계하라.

—파스칼

2

아버지께서 나를 사랑하시는 것은 내가 다시 목숨을 얻기 위하여 목숨을 버림이다. 이를 내게서 빼앗는 자가 있는 것이 아니라 내가 스스로 버리노라. 나는 버릴 권세도 있고 다시 얻을 권세도 있으니 이 계명은 내 아버지에게서 받았노라.

—성경

3

일단 죽으면 고귀한 종교적 정신도 쓸데없다고 생각하는 것은 인간의 무지다. 항상 정의만을 구하는 자에게 최대의 행복이 주어진다. 자기 부정은 무엇보다 굳센 사람임을 의미한다. 아무것도 유혹되지 않는 세계가 그의 발아래 있을 것이다.

—아미엘

4

오직 자아를 부정하는 자에게만이 진리의 가르침이 이해되는 것이다.

—탈무드

5

현세적인 것, 명예나 육체적인 것에서 자기를 찾으려고 하지 않는 자가 참된 인생을 아는 자다.

—붓다

대화 도중에
사사로운 생각 때문에
이야기를 중단하면 결국 대화의 실마리를 잃게 된다.
우리들이 자아에게 벗어났을 때만이
남과 충실한 교제를 하고
남에 대한 봉사,
그리고 남에 대한 영향을 충실히 할 수 있는 것이다.

자아 부정(自我否定)

가장 강인한 자에게도 슬플 때가 있다. 선을 알고 그 선을 향하여 담대하게 나아가도 그대의 모든 노력이 아무 소용없는 것처럼 생각되고 그대 자신을 희생시켰던 사람들로부터 버림받은 느낌을 가질 때가 있을 것이다. 사람들의 혐오나, 비방, 억압을 꼭 참아야할 때가 있을 것이다. 그럴 때 마음에서 이러한 부르짖음이 터져 나올 것이다.

"아버지여! 나를 이러한 상태에서 건져 주소서."

예수도 이러한 고난을 겪었다. 병자, 장님, 귀머거리, 벙어리 속에, 그를 이해하지 못한 제자들 속에, 우매하고 냉담한 군중 속에, 그리고 잔악한 적 중에 홀로 있어 그것이 자기가 이룩한 사업의 열매인 처형을 예견했을 때 그리스도는 외쳤다.

"아버지여! 나를 이와 같은 상태에서 벗어나게 해 주소서."

그러나 고통과 십자가의 죽음을 예견하면서도 그는 다시 덧붙여 말했다.

"그러나 나는 이 때를 위하여 온 것이다."

그리하여 그는 분명히 이렇게 고민하고 죽어가면서도 결국 고뇌를 극복했던 것이다. 이것은 그리스도의 사업을 이 세상에 이어 나가고자 하는 사람들에게는 영원한 모범이다. 그는 사람들에게 오직 자기 희생에 의하여 열매를 맺을 수 있음을, 죽지 않으면 한사람으로 남는데 비하여 죽으면 땅에 뿌린 씨앗과 같이 꽃이 피고 많은 열매를 거둘 수 있음을 가르쳤다. 자기의 말이 인정되지 않으므로 초조해 하고 자기의 말의 결과를 보지도 못하고 그리고 거기에서 마땅히 생겨날 결과가 자기와 함께 묘지에 - 그 묘지에는 악마의 제자들이 진리를 모두

묻어 버리고자 하고 있다 - 파묻혀지고 있는 것같이 생각될 때에야말로 분명히 인생의 사업이 시작되었고 또 그러한 때에야말로 그대가 찾아왔다고 하는 것을 믿어야 한다. 예수의 제자인 그대는 스승보다는 위대할 수 없다. 그대는 예수께서 가르쳐 준 길을 따라가야 한다. 의무 자체를 위하여 의무를 다하고 지상에서 아무것도 요구함이 없이 그 무엇도 기대함이 없이 디딤이 말한 바와 같이 되어야 한다.

'우리들도 역시 걸어가자. 그리하여 예수와 함께 죽자. 타는 듯한 태양 아래에도 얼어붙는 듯한 비 속에서도 씨를 뿌리자. 가는 곳마다 뿌리자. 법정에도 감옥에도 사형장에도 뿌리자. 뿌리자! 때가 오면 거두리라.'

-라므네

희생이 크면 클수록 사랑도 크다. 사랑이 크면 클수록 그 사업은 더 많은 열매를 맺고 또 사람에게 유익됨이 많다. 인생에는 두 가지 유형이 있다. 그 하나는 남을 위하여 자기 생활을 희생하는 자이고 다음은 자기 생활을 희생함이 없이 살아가려고 하는 자이다.

모든 인간은 이 두 가지 유형의 그 어느 쪽에 속한다. 전자는 모든 것을 버리고 예수의 뒤를 따르고자 하는 제자에 속하고 후자는 자기 생활을 포기하라는 말을 들으면 뒤돌아서 도망치는 부자 청년과 같다. 이 두 가지 유형 중간에 일부분의 생활만 바꾸는 여러 가지 회색적 존재가 있다. 그러나 이러한 존재가 되기 위해서라도 끊임없이 전자를 향하여 전진해 나감이 필요하다.

노동

일하지 않고도 살아갈 수 있다고 하는 것은 죄악이다.

1

자기 힘으로 할 수 있는 일에는 아무런 불안도 느끼지 않는다.

2

자기 노동에 의하여 빵을 얻지 않는 사람들에게 참된 종교의 지식을 구할 수 없고, 순수한 덕성을 실현시키기란 생리적으로 불가능하다.

–존 러스킨

3

가장 평화롭고 순수한 기쁨 중 하나는 일하고 난 뒤의 휴식 속에 있다.

–칸트

4

부유한 자거나 가난한 자거나 강한 자거나 약자를 막론하고 일하지 않는 자는 배척하라. 모든 사람들은 자신의 힘으로 참된 기술을 손수하는 노동을 배워야 한다. 이것은 또 노동을 천하게 여기는 편견을 타파하기에도 필요하다. 설령 일할 필요가 없다

하더라도 세상의 원칙으로서는 일해야 한다. 노동자와 같은 수준에 서라. 그것은 그대들이 속하고 있는 유일한 계급보다 향상됨을 의미한다.

—루소

5

인간의 참된 신앙은 휴식을 얻기 위해서가 아니라 노동에 대한 힘을 얻기 위한 것이어야 한다.

—존 러스킨

6

쉼 없이 일하자. 일하는 것을 불행이라고 생각지 마라. 그리고 일했으므로 칭찬이나 이익을 바라지 마라. 그대가 기대해야 할 것은 전체 인류의 행복이다.

—아우렐리우스

그대가 남에게 베푼 것 이상을 얻지 않기를 정의는 요구한다.
왜냐하면 그대는 시시각각으로 일할 힘을 잃고
남의 도움을 받아야 할지도 모르기 때문이다.
그러므로 받기보다는 많은 것을 베풀도록 힘써라.
그것은 부정을 범하지 않기 위함이다.

2월 20일 진화(進化)

참된 진화(進化)는 종교적인 진화이다.

1

종교는 인간이 나아갈 방향을 제시한다. 종교는 모든 것을 단순하고 알기 쉽고 분명하게, 그리고 지식과 더욱 잘 조화시켜 가는 것이다. 그리고 종교에 의해서 모든 도덕적 · 사회적 운동이 완성되는 것이다.

2

이 세상의 권력자들이 폭력으로 억압할지라도 예수의 정신은 도처에서 계속 확산되고 있다. 성경의 정신이 대중 속에 뿌리박고 있는 것이 아닐까? 그들은 진리의 빛을 보고 있지나 않을까? 권리와 의무에 대한 판단이 모든 사람에게 전보다 훨씬 명백하지나 않은가? 모든 면에서 올바른 법률, 약자를 보호하고 정당한 평등주의에 입각한 제도를 요구하는 함성이 들려 오지나 않을까? 사람들 사이를 분리시키던 적개심은 사라져 가고 있지나 않은가? 사람들은 서로를 형제임을 느끼고 있지 않을까? 독재자들은 양심의 소리에 의하여 멀지 않은 장래에 파멸이 올 것 같은 예감에 떨고 있지나 않을까? 그들은 무섭고 낯선 환상에 사로잡혀 대중을 묶은 쇠사슬을 아직도 손아귀에 쥐고 있다.

그러나 대중을 해방하고자 예수는 찾아왔던 것이다. 그 쇠사슬은 곧 땅에 떨어지고 말 것이다. 대지에서 들려오는 함성이 그들의 꿈을 놀라게 할 것이다. 이 세상의 깊숙한 곳에서 어떤 일이 이루어지고 있다. 그 일은 압제자들이 권력을 다해서라도 멈출 수 없고 그 사업의 확고한 성공은 그들을 말할 수 없는 공포 속으로 몰아 넣고 있다. 그 사업이란 이제부터 자라나려는 새싹이다. 이 세상으로부터 죄악을 멸하고 약한 자의 생활을 소생시키고 슬퍼하는 자를 위하여 묶인 자의 쇠사슬을 끊어버리고 모든 사람에게 새로운 길을 열어주는 그 길을 걸을 때면 사람들에게 "평화로 가라"하고 말해질 것이다. 사랑의 사업인 것이다.

–라므네

3

종교는 어느 시대 어느 사회에서도 훌륭하고 선구적인 사람들에게 높으나 도달할 수 있는 인생의 해석을 가르쳐준다. 그리고 그 해석에 그 사회의 모든 사람들이 필연적이고 변함 없이 접근하고 있는 것이다.

참된 진화인 종교 개혁과 기술적, 과학적, 또는 예술적 진보를 혼동하지 마라. 기술적, 과학적, 또는 예술적 성공은 종교적 진화를 수반하면 더욱 위대하게 될 것이다. 신에게 봉사하고자 할 때에 무엇보다 먼저 종교상의 의식을 밝히거나 간소화시킬 경우에 부딪칠 미신과의 투쟁은 불가피한 것이다.

2월 21일 육식과 채식

가장 야만적인 미개인일수록 육식밖에 모른다. 채식을 먹게 되는 것은 최초의 그리고 자연적인 교화의 결과이다.

1

도살장으로 끌려가는 동물의 애처로운 모습을 보면 왜 괴로워지는가? 그것은 반항도 못하는 동물을 죽이는 것이 얼마나 참혹하고 옳지 못한가를 마음 속 깊이 느끼고 있기 때문이다. 그대의 마음에 깨달은 대로 행하라. 그러므로 육식을 멀리 하고 죄 없는 생물을 죽이고 즐거워하는 마음을 버려라.

—스투르베

2

인간에게는 저주받아 마땅한 세 가지 악습이 있다. 그것은 육식과 음주와 흡연이다. 이 세 가지 습관은 간음하는 죄와 함께 인간을 행복하게 할 가능성을 파괴하고 신의 자녀인 인간을 동물과 같은 수준으로 떨어뜨린다. 그리하여 거리의 뒷골목을 지옥으로 들어가는 경계선으로 만들어 버린다.

—아놀드 힐즈

3

동물에 대하여 우리가 하는 일에 도덕적 의의가 없다고 말하는 것은 큰 잘못이다. 입으로는 도덕을 부르짖으면서 동물에 대해서는 아무런 의무도 없다고 생각하는 것은 오류이다. 이러한 오류 속에는 무서운 잔인성이 나타나는 것이다.

–쇼펜하우어

4

어떤 나그네가 아프리카 지방을 여행하다가 식인종이 사람 고기를 먹고 있는 곳에 도착했다. 식인종은 그 여행자에게 사람의 고기를 짐승의 고기보다 좋아하는 이유를 설명했다. 그 이유는 짐승은 더럽지만 사람은 하루에 세 번씩 목욕을 하므로 깨끗하다는 것이다.

끔찍스런 일이라고 나그네는 소리쳤다.

"아니야. 사람 고기에 소금을 쳐서 먹으면 아주 맛있다."

식인종 추장이 말했다.

끔찍스런 일이라고 한 채식인종은 문명인들의 식탁 위에 놓인 돼지고기와 양고기를 보고 말할 것이다.

"이것에 소금을 쳐 먹으면 아주 맛있어요!"

문명인은 말할 것이다. 그러나 그들과 식인종과의 차이는 얼마 만큼인가? 문명인들도 마찬가지로 자기들이 먹고 있는 육체의 고통에 대해서는 무감각하지 않는가?

–맬러리

육식을 피하기 위해서는 주위 사람들이 공격하거나 비난하거나 비웃더라도 흔들려서는 안 된다. 육식이 아무렇지도 않은 일이라면 육식주의자들은 채식주의자들을 비난하지 않을 것이다. 육식주의자들은 오늘날에야 자기들의 과오를 의식하면서도 그 죄에서 자유롭게 될 힘이 없음을 알고 있다.

인간과 신

우리들은 신을 알지 못한다. 그러나 우리들이 이 세상의 여러 가지 일을 알고 있는 것은 신을 알고 있기 때문이다.

1

우리들이 이해하는 이성은 영원한 것이 못된다. 이름 붙일 수 있는 존재도 영원한 것이 못된다.

-노자

2

하늘과 땅에 있는 모든 것과 이미 존재하던 모든 것을 자기 내면, 한 몸에 동시에 지니고 있는 것이 있다. 그것은 평화다. 그것을 이성이라고 부른다. 꼭 이름을 붙인다면 위대하고, 끝없고, 아득하고, 그리고 불멸하는 것이라고 부르겠다. *-노자*

3

신은 끝없는 존재다. 그것은 우리들에게서 찾아 볼 수도 있고, 또 우리들에게 정의를 요구하기도 한다.

–M. 아놀드

4

신이 어디 있냐고 끊임없이 묻는 사람은 바보이다. 신은 모든 것 속에 깃들어 있다. 신앙은 여러 가지가 있으나 신은 하나이다. 인간이 자신을 모르는데 어떻게 신을 알 수 있겠는가?

–인도 잠언

5

나(我)라는 존재가 존재하지 않았던 때가 있었다. 그런데 지금 내가 존재하고 있다는 것은 나의 뜻이 아니다. 그것은 언젠가는 사라지리라는 것이 나의 뜻이 아님과 마찬가지다. 아무튼 나는 나 이전에도 존재했고, 나 이후에도 존재할 그리고 나보다 전능한 힘에 의하여 존재를 계속하고 있는 것이다. 그런데 우리들이 신이라고 부르는 존재는 없다고 말하는 자들이 있다.

–라 브뤼예르

6

두 가지 유형의 인간들이 신을 알고 있다. 겸손한 마음으로 멸시받고 비천한 자들을 사랑하는 사람은 그의 교양이 높든 낮든 관계없이 신을 알고 있다. 또 어떠한 장애물도 뛰어넘어 진리를 볼 수 있는 충분한 지혜를 소유한 사람도 신을 알고 있다.

–파스칼

7

우리가 이제는 거울로 보는 것 같이 희미하나 그때에는 얼굴과 얼굴을 대하여 볼 것이요. 이제는 내가 부분적으로 아나 그때에는 주께서 나를 아신 것 같이 내가 온전히 알리라.

–성경

인간이 신의 법칙을 성취하는 정도에 따라
그 사람이 신을 알고 있다고 할 수 있는 것이다.
그러므로 인간이 신에게 가까이 가면 갈수록 신에 대한
이해는 끊임없이 변하는 것이다.

2월 23일 세상의 조직

지금 이 세상에 있는 조직은 사회적 양심에 위배되는 것이며 사회적 원리에도 위배되는 것이다.

1

실리를 추구하는 사람들은 이 세상에서의 가장 실속 있는 제도는 무질서한 대중들이 서로 이간질하게 하고 어린이와 노인을 천대하며 조직성이 없는 노동자 계급의 힘을 이용하여 쓸모없는 여러 가지 물건을 생산하는 따위라고 생각한다. 조직이 없는 노동자들을 어느 때라도 불러모았다가는 자기들의 형편에 따라 해고해 버리는 무정하고 무책임한 상태에 들 수도 있는 것이다.

–존 러스킨

2

흙, 햇빛, 식물, 광물, 기타 자연의 힘을 이제 겨우 이용하기 시작했다. 그러나 이것들 중에는 인간이 지식을 잘 활용하면 물질적 욕구를 만족시킬 수 있는 무한한 보고가 깊이 간직되어 있다. 자연에는 빈곤의 원인은 없다. 병자나 노약자의 빈궁에까지도 자연에는 그 원인이 없다. 왜냐하면 인간의 본질은 사회적 동물인 것이고 인간의 만성적 빈궁의 원인인 탐욕의 영향만 없다면 가정이나 사회적 일치로 말미암아 필요한 모든 것을 얻을 수 있기 때문이다. 인간은 스스로 자신을 억제하는 힘이 없는 것이다.

–헨리 조지

3

문명이 진보하므로 사회적 사물을 처리하는 원칙은 어떤 일부의 사람들의 처지에서가 아니라 대중의 입장에서 본 해석에 따르는 것이 더욱 요청된다. 사회적 과업은 국가 공무원들에게만

맡겨서 잘해 갈 수 없다. 또는 정치적, 경제적 연구를 대학 교수들이 말하는 것에 의지해도 잘돼 나가지 않는다. 대중 스스로가 공감해야 한다. 왜냐하면 대중만이 행동할 수 있기 때문이다.

-헨리 조지

4

우리들의 문명이 아무리 견고하게 보일지라도 그것을 파괴하는 힘이 이미 성장하고 있는 것이다. 한적한 숲 속이 아니라 우리가 살고 있는 거리의 뒷골목에서, 사람의 왕래가 빈번한 길 위에서 야만인을 교육하고 있는 것이다. 그리하여 과거에 반달족이 저질렀던 똑같은 것을 하고 있는 것이다.

-헨리 조지

5

개혁은 대중 속에서 대중을 위하여 이루어져야 한다. 오늘날과 같이 개혁이 어느 특정 계층의 전유물이나 소득이 되어 있는 한 하나의 귀족주의를 또 다른 귀족주의로 바꾸어 놓는 결과를 가져올 뿐 대중을 계도하는 데에는 도움이 되지 못한다.

-마치니

인간은 이성적인 동물이다. 그럼에도 불구하고 인간은 왜 사회생활을 이성으로서가 아니라 폭력으로 지도하는 것일까?

2월 24일 진(眞)과 선(善)

진(眞)과 선(善)은 분리할 수 없는 것이다.

1

진실을 전달하는 데는 두 사람이 필요하다. 하나는 진리를 말하는 자요, 다른 하나는 그것을 경청하는 자이다. 진실을 전하는 유일한 방법은 사랑으로써 말하는 것이다. 사랑이 내포된 말만이 듣는 사람의 귀를 기울이게 한다. 이치를 논할 것은 못된다. 그것은 부자연스럽다.

–소로

2

진실을 말하는 것은 글씨를 잘 쓰는 것과 같다. 그것은 둘 다 기술적인 문제이다. 그 어느 것도 의지의 문제라기보다 습관의 문제이다. 그래서 나는 이러한 습관을 기르는 데 도움이 되는 모든 기회를 무익한 것이라고 생각지 않는다.

–아우렐리우스

3

오로지 자신의 기본적 사상만이 진리와 인생을 본질적으로 소유할 수 있는 것이다. 왜냐하면 스스로의 기본적 사상만을 그대는 그 참된 의의에서 이해할 수 있기 때문이다. 남의 글에서 언은 사상은 남의 식탁에 남은 음식과도 같으며 남의 몸에 맞는 의복과 같은 것이다.

–쇼펜하우어

4

진리를 위하여 진리를 사랑하는 참된 지혜는 진리를 자기 것으로 하기 위해 마음 쓸 필요가 없다. 그 지혜는 어디서 만나더라도 감사로써 받아들이면 된다. 왜냐하면 이 진리는 과거로부터 영원한 미래에 이르기까지 이미 그에게 속해 있기 때문이다.

–에머슨

진리는 사람을 악인으로 만들지도 않거니와
오만하게 만들지도 않는다.
진리가 가르치는 것은 언제나 쉬우며 겸손하고 단순하다.

기도

습관적인 기도가 해로운 경우는 사람이 기도함으로써 신에게 공적을 쌓는다고 생각할 때 뿐이다.

1

기도하기 전에 정신을 집중할 수 있는가 없는가를 반성하라. 할 수 없다고 생각되면 기도하기를 그만 두어라. 기도를 습관적으로 하는 자의 기도는 진실하지 못하다.

–탈무드

2

매일매일 먹고 자는 일을 되풀이해도 사람은 싫증을 느끼지 않는다. 왜냐하면 굶주림과 꿈은 계속해서 나타나기 때문이다. 그러나 이 굶주림과 꿈이 없다면 먹는 것도 자는 것도 싫증이 날 것이다. 즉 정신적 항연에 만족할 수 없다면 인간은 곧 권태를 느낄 것이다. 우리들은 저 갈망적인 진실인 산상수훈을 기억해 두자.

–파스칼

3

우리들의 약함을 보충해 주는 기도를 왜 스스로 피하는가? 우리들을 신에게 접근시켜 주는 모든 정신상의 노력은 아집에서 벗어나는 일이다. 신에게 구원을 갈구하면 우리는 그 구원을 발견할 수 있다. 신이 우리를 변화시키는 것이 아니라 신에게 가까이 가면서 스스로 변화되는 것이다. 그리하여 자기의 약함을 알 때에 스스로의 힘을 더해 가는 것이다.

–루소

4

너희가 기도할 때에 외식하는 자와 같이 되지 말라. 저희는 사람에게 보이려고 회당과 큰 거리 어귀에 서서 기도하기를 좋아하느니라. 내가 진실로 너희에게 이르노니 저희는 자기 상을 이미 받았느니라. 너희는 기도할 때에 네 골방에 들어가 문을 닫고 은밀한 중에 계신 네 아버지께 기도하라. 은밀한 중에 보시는 네 아버지께서 갚으시리라. 또 기도할 때에 이방인과 같이 중언부언하지 말라. 저희는 말을 많이 하여야 들으실 줄 생각하느니라. 그러므로 저희를 본받지 말라. 구하기 전에 너희에게 있어야 할 것을 하나님 너희 아버지께서 아시느니라.

–성경

자기의 기도, 즉 신에 대한 자기에 관한 말은
자주 새롭게 바꾸는 것이 좋다.
인간은 끊임없이 성장하고 있는 것이며 변해 가는 것이다.
그러므로 신에 대한 관계도 바꾸어지는 것이며
또 그것을 밝혀 두어야 한다. 따라서 기도도 바꾸어져야 한다.

천사 가브리엘

어느 날 천사 가브리엘이 낙원에서 들려오는 신의 음성을 들었다. 그것은 어떠한 사람의 마음에 친절하게 대답하는 목소리였다. 그래서 천사는 말했다.

"그렇지! 신이 소중히 여기시는 종이 어딘가에 있구나. 그 인간은 마음의 정욕을 물리치고 높은 곳에 올라 와 있구나."

천사는 그 인간을 찾으려고 급히 땅으로 내려왔다. 그러나 그를 천국에서도 지상에서도 찾을 수가 없었다. 마침내 천사는 소리치고 말았다.

"오, 주여! 나에게 당신이 사랑하는 그 사람에게로 가는 길을 가르쳐 주소서."

신이 대답하였다.

"바른 편으로 가면 나무가 있을 것이다. 그 나무 곁에 사원이 있다. 그 안에 불이 있으리라."

천사는 급히 사원이 있는 곳으로 갔다. 거기에는 한 사람이 우상 앞에 기도를 드리고 있었다. 천사는 다시 돌아와서 신에게 말했다.

"오, 주여! 당신은 사원에서 우상에게 빌고 있는 인간을 사랑하십니까!"

신은 대답하였다.

"나는 무지하여 저지른 죄를 꾸짖지 않는다. 그 인간은 어리석은 노력을 하고 있으나 높은 자리를 차지해야 한다."

–페르시아 교훈

기도(祈禱)

너희 천부께서 이 모든 것이 너희에게 있어야 할 줄을 아시느니라.

-성경

"아니오, 아니오, 안돼요, 선생님! 이런 일이 있을 수 있습니까? 이제는 어찌할 수 없단 말입니까? 그래도 모두들 잠자코 있구나!"

이렇게 말하면서 아주 젊은 어머니가 무엇을 결심하듯 급하게 아이 방에서 나왔다. 그 방에서 독자인 세 살짜리 맏아들이 머리에 난 종기로 죽어버린 것이다. 낮은 목소리로 무엇인가 이야기하고 있던 남편과 의사는 조용히 입을 다물었다. 남편은 조심스럽게 아내 곁으로 와서 헝클어진 아내의 머리를 쓰다듬어 주었다. 그리고는 무거운 한숨을 내쉬었다. 의사는 머리를 숙인 채 그 곁에 말없이 서 있었다. 그 모습은 모든 것이 절망적임을 말해 주는 것이었다.

"어떻게 할까?"

남편이 입을 열었다.

"아! 어쩌면 좋아요?"

"가만히 있어요! 가만히!"

아내는 소리쳤다. 그 말투에는 원망과 미움이 섞여 있었다. 그리고는 급히 몸을 돌려 아이 방으로 돌아갔다.

남편은 아내를 붙잡으려 했다.

"카이차, 이리 와요……"

아이는 흰 베개를 고이고 유모의 품에 안겨 있었다. 눈을 뜨고 있으나 아무것도 볼 수 없었다. 다물고 있는 입에서는 흰 거품이 흘러나오고 있었다. 유모는 엄숙한 표정으로 아이의 얼굴 이모저모를 살펴보고 있었다. 어머니가 들어와도 움직이지 않았다. 어머니가 유모 곁으로 와서 아이를 안고 베개 밑으로 손을 넣자, 유모는 조용히 말했다.

"저리 가 계세요."

그러나 그녀는 그 말에는 아랑곳없이 아이를 안았다. 아이의 머리카락이 흐트러져 있었다. 그녀는 머리카락을 어루만지며 아이의 얼굴을 물끄러미 들여다보았다.

"안 되겠어!"

그녀는 속삭이듯 말하고는 아이를 조심스럽게 유모에게 돌려주었다. 그리고 방에서 물러 나왔다. 아이는 3주일 동안이나 병으로 누워 있었다. 누워 있는 동안 어머니는 하루에도 몇 번이나 희망과 절망 사이를 헤매고 있었다. 그 동안에 그녀는 한 시간 반밖에 자지 않았다. 그녀는 하루에도 몇 차례씩이나 자기 침실의 성상(聖像) 앞에서 아이를 살려 달라고 신에게 기도를 올렸다. 거무스레한 성상은 작은 손에 금빛깔의 책을 들고 있었다.

그 책에는 검은 글자로 이렇게 쓰여 있었다.

"마음이 괴로운 자, 무거운 짐을 진 자는 나에게 오라. 나는 너희를 평안하게 하리라."

그 성상 앞에 서서 그녀는 기도했다. 마음 속의 모든 힘을 그 기도에 기울여 정성껏 기도했다. 그녀는 평소에 잘 아는 기도문이나 자기 심령에서 우러나온 기도를 열심히 드렸다. 그러나 어린아이는 죽었다. 그러자 그녀의 머리 속에서 모든 것이 갈기갈기 찢어지고 빙빙 도는 것같이 느껴졌다. 그래서 자기 침실로 돌아와 낯선 곳에 온 것처럼 여러 가지 물건들을 놀란 듯이 바라보고 있었다. 그리고는 침대에 누워 남편의 잠옷을 말아 베개를 삼았다. 그리고 차차 의식을 잃었다.

그런데 꿈속에서 그녀는 귀여운 아이 코스차가 튼튼하고 씩씩하게 아름다운 곱슬머리와 가느다랗고 하얀 목을 보이며 안락의자에 걸터앉아 있는 것을 보았다. 아이는 탐스러운 한쪽 발로 삐걱 소리를 내면서 한쪽 다리가 없는 장난감 말 위에 인형을 올려놓으려고 애를 쓰고 있는 것이었다.

'저 아이가 살아 있었을 때는 얼마나 행복했던가!'

그녀는 생각한다.

'저 애가 죽다니! 어쩌면 이런 슬픈 일이 있을까? 어쩜 신은 이토록 가슴 아픈 일을 당하게 하시다니! 저 아이에게 내 생명이 있고 저 아이 없이는 살아갈 수 없다는 것을 신은 모르시는가? 저 귀엽고 죄 없는 것을 갑자기 빼앗아 가버리고 나의 삶도 산산이 부셔버리다니…… 내가 그토록 기도를 드렸는데도……'

그리고 그녀는 다시 보았다. 어린 것이 높은 문안으로 들어가고 있었다. 누구나 헤어질 때 인사하듯이 작은 손을 흔들며 뒤돌아보고 방긋 웃으면서……

'아! 귀여운 아가야. 저토록 귀여운 아이를 신이 데려 가시다니! 신은 이토록 무정한 분인데 나는 무엇 때문에 기도 같은 것을 드렸을까?'

그런데 그때 갑자기 유모 마트료사가 아주 이상한 말을 하기 시작했다. 그녀는 그것이 유모 마트료사인 줄 알면서도 그녀가 천사인 것처럼 보였다.

'그녀가 천사라면 왜 등에 날개가 없을까?' 하고 그녀는 생각했다. 그때 천사 마트료사가 이렇게 말했다.

"아주머니, 하나님께 욕을 하셔도 아무 소용이 없어요. 하나님이라도 모든 사람들의 말을 다 들어주실 수 없어요. 인간들은 그들이 원하는 대로 들어주면 남을 해치는 일을 어느 때나 하거든요. 지금도 그렇지요. 모든 러시아 주민들이 빌고 있어요. 대승정, 사원의 승려, 교회의 신도들도 누구나 할 것 없이 하나님의 힘으로 일본을 이길 수 있도록 기도하고 있습니다. 그렇지만 그것이 옳은 일일까요? 그런 것을 빌어 보았자 쓸데없는 일이고 하나님도 기뻐하지 않을 거예요. 하나님은 이 세상 모든 사람의 아버지입니다. 그렇다면 하나님은 어찌해야 좋을까요? 아주머니!"

"그거야 그렇지. 옛날부터 그렇게 말해 왔지. 볼테르도 그 같은 말을 했어. 누구나 다 알고 있고 서로 그렇게 이야기도 하지. 그러나 나의 경우는 달라! 나는 나쁜 일을 원하지 않았어! 나는 단지 나의 귀여운 아이를 살려달라고 빌었을 뿐이었는데 하나님은 왜 그것을 들어주실 수 없었을까?"

그녀는 투덜댔다. 그리고 그 아이가 토실토실한 팔로 자기 목을 껴안았던 것, 자기 몸에 아이의 따뜻한 체온을 느꼈던 일들을 회상해 보았다.

'저 아이가 죽지 않았으면 얼마나 좋았을까?' 하고 또 생각한다.

"그래요! 그것과 이 경우는 다르군요, 아주머니!"

마트료사는 말하고 조용히 바라보고 있었다.

"그것과 이것은 달라요. 누가 무엇을 빌든지 하나님은 그 소원을 들어주실 수 없을 때가 있어요. 이것은 누구나 다 알고 있는 일이지요. 나도 알고 있어요. 어떤 젊은, 참으로 착한 사나이가 죄를 범하지 않고자, 즉 술주정이나 방탕하는 일이 없도록 힘을 달라고 기도했어요.

자기 속에 있는 모든 죄를 송두리째 뽑아 주소서 라고……"

'참! 마트료사는 어쩌면 저렇게 말솜씨가 좋아졌을까?' 라고 그녀는 생각한다.

"그러나 하나님은 도와 주시지 않았어요. 왜냐하면 모든 사람들은 스스로의 노력이 필요하거든요. 노력하므로 좋은 결과가 나오는 것입니다. 아주머니께서는 나에게 검은 닭 이야기를 읽어보라고 말씀하셨지요. 그 이야기는 생명을 구해 준 아이에게 보답으로 검정 닭이 마술의 큰 씨앗을 주었던 것이죠. 그 씨가 아이의 바지 주머니에 있을 동안에는 공부를 하지 않아도 무엇이든지 알 수 있다고 하여 그 아이는 그 씨앗을 믿고 아예 공부를 하지 않았지요. 그러다보니 지금까지 알고 있었던 것까지 모두 어디론지 가버렸다는 이야기였지요. 하나님도 인간에게서 악을 뽑아 버릴 수는 없습니다. 하나님께 그런 것을 빌어도 소용이 없습니다. 우리들은 스스로 악을 뽑아내고 깨끗이 하지 않으면 안됩니다."

'아니 어디서 이런 것을 배워 왔을까?' 라고 그녀는 생각한다.

"그렇지만 마트료사! 너는 내가 질문한 것에는 아직 대답을 하지 않았어."

"잠깐 기다리세요. 모두 말씀드리겠어요. 이런 일도 있었지요. 어떤 집이 자기의 잘못이 아닌데도 몰락해 버렸어요. 그 집 사람들은 억울해서 울부짖었어요. 그래서 지금까지 살던 집과는 너무나 차이가 나는 더러운 방에 살면서 마실 차도 없었습니다. 그래서 하나님께 도와 달라고 기도했습니다. 그러나 하나님은 그 간절한 소원을 들어주지 않았습니다. 왜냐하면 하나님은 그들에게는 그렇게 해야 좋다고 생각하셨습니다. 그들의 소원대로 좋은 것을 주면 그들의 생활이 엉

망으로 타락해 버릴 것을 알고 계셨기 때문입니다."

'그건 옳아!' 라고 그녀는 생각했다.

"그러나 나는 그런 것을 묻고 있는 것이 아니야. 나는 무엇 때문에 하나님께서 내 아이를 빼앗아 가냐고 묻고 있는 거야?"

그러자 또 죽은 코스차가 자기 앞에 살아나서 마치 종소리 같은 천진난만한 귀여운 웃음소리를 내는 것만 같았다.

"왜 내게서 빼앗아 갔어요? 만일 하나님이 그런 짓을 한다면 악한 이야. 하나님 따위는 필요 없어요. 나는 하나님이 어떤 것인지 알고 싶지 않아!"

그런데 어쩐 일인가? 마트료사가 지금까지의 마트료사가 아니었다. 이전과는 아주 다른 이상한 존재로 변신해 버렸다. 그리고 입으로 말하는 것이 아닌 가슴을 울리는 신비한 울림이었다.

'너는 가련하고 맹목적인 철없는 오만한 동물이구나.' 하고 그 존재는 말하고 있었다.

'너는 일주일 전 코스차가 튼튼하고 탄력이 있는 골격과 아름다운 곱슬머리에 티 없는 모습으로 사람들을 즐겁게 하던 일을 알고 있다. 그러나 아이가 언제까지라도 그 모양으로 있을까? 그 아이가 엄마, 아빠라고 부르며 아장아장 걸으며 책상 쪽으로 가는 모습에 정신 없이 기뻐하던 때, 그보다 앞서 짐승처럼 방을 기어다니는 것을 보고 온 집안 사람들이 기뻐하던 때를, 그보다 더 앞서 머리털도 나기 전 작은 모자를 머리에 얹던 것을 기뻐하던 때, 그 전에는 이빨도 없는 잇몸으로 엄마 젖꼭지를 물어뜯어도 정신 없이 기쁠 때가 있었지!

그리고 그보다 이전에는 너의 뱃속에서 뛰노는 것을 알고 기뻐한 때도 있었다. 그리고 그 이전에는 저 아이가 어디에 있었는지조차 모르던 몇 해의 시간이 있었을 것이다. 그런데도 너희들은 지금의 모습으로 머물러 있다고 생각하고 너희 사랑하는 것도 항상 지금의 모양으로 있어야 한다고 생각하고 있는 것이다. 그러나 너희들은 단 일분간이라도 그냥 그대로 머물러 있을 수 없는 것이다. 항상 끊임없이 강물처럼 흐르고 돌처럼 굴러가는 것이다. 죽음은 마침내 너희들 누구나 할 것 없이 기다리고 있는 것이다.

그리고 너희들에게는 만일 저 아이가 무(無)에서 태어나 저 모습으로 자랐다고 한다면 죽을 때에도 단 일분간도 저 모양으로 있을 수 없다는 것을 전혀 모르고 있구나! 무에서 갓난아이로, 아이에서 어린이로 초등학생으로, 소년, 청년, 장년, 노인으로 성장해 나가는 것을 깨닫지 못하고 있구나. 만일 저 아이가 살아 있다면 어떻게 변모해 갈 것인가를 너희는 모른다. 그러나 나는 알고 있다.'

그러자 이 또 무슨 영문인가? 그녀는 휘황찬란하게 밝은 요리집의 - 언젠가 남편이 이런 요정으로 데리고 간 일이 있었다 - 식사가 끝난 식탁 앞에 뚱뚱하게 살이 찌고 주름 잡힌 얼굴에 수염이 양 옆으로 갈라진 꾀죄죄한 노신사를 보았다. 그는 안락의자에 몸을 깊숙이 파묻고 술 취한 눈초리로 음탕스럽게 화장을 한 여자들을 바라보고 있었다. 그리고 취한 모습으로 음탕한 농담을 되풀이하면서 큰소리를 지르고 있었다. 그리고 친구들의 칭찬에 만족한 표정을 짓고 있었다.

"저것이 나의 코스차라고! 그건 거짓말이야!"

그녀는 몸서리를 쳤다. 그 추잡한 노인이…… 그러나 그 노인의 눈이나 입모습이 코스차를 아주 닮고 있었다. 그녀는 무서웠다. 차라리 꿈이었으면 하고 생각했다. 진짜 코스차는 이런 늙은이는 아니야. 그녀는 물장난을 치던 코스차를 본다. 그 토실토실한 가슴, 그리고 코스차는 목욕탕에 들어가서 귀엽게 재롱을 피우며 웃고 있는 것이다. 그녀는 보고 있을 뿐 아니라 마음에까지 느끼고 있었다. 코스차가 갑자기 자기 팔에 매달리며 입을 맞추고 또 맞추는 이런 모습을……

'그렇지 이것이 나의 코스차야, 저 따위 추잡한 노인하고는 아주 다르지.' 하고 중얼거렸다.

그때 그녀는 눈을 떴다. 그리고 다시 몸서리치는 현실로 돌아왔다. 그녀는 아이 방으로 갔다. 유모는 코스차의 몸을 씻기고 여러 가지 준비를 끝내고 있었다. 오뚝 솟은 코, 작은 콧구멍, 빗어 올린 곱슬머리…… 아이 시체는 약간 높은 곳에 눕혀 있었다. 그 주위에는 촛불이 켜지고 머리맡 테이블 위에는 보라빛 정양화, 장미꽃, 히야신스꽃이 놓여 있었다. 유모는 의자에서 일어나 슬픈 얼굴로, 몸이 굳어 꼼짝도 않는 코스차의 예쁜 얼굴을 바라보고 있었다. 마트료사의 단순하고 선량한 얼굴이 울어서 퉁퉁 부어 있었다.

'나에게는 울지 마라고 하더니 자기는 울고 있어.' 하고는 눈을 아이 시체 위로 옮겼다. 그 순간 죽은 아이의 귀여운 모습과 꿈속에서 보았던 노인의 얼굴이 겹쳐서 보였다. 그녀는 너무나 놀라 자기도 모르게 휘청거렸다.

그러나 저주스런 생각을 물리치고 가슴에 십자가를 긋고 따뜻한 입술을 차디찬 아이의 이마와 손에 맞추었다. 그때 갑자기 히야신스꽃 향기가 이제는 아이가 결코 돌아오지 않는다는 것을 새삼스럽게 말해 주는 것 같았다. 그녀는 오열했고 가슴은 숨이 차 올랐다. 그녀는 다시 이마에 입을 맞추고 울기 시작했다. 그러나 이제는 절망의 눈물이 아니었다. 평화로운 눈물이었다. 그녀는 이 세상 모든 일은 다 선한 것임을 깨달았다. 죽음까지도……

"아주머니 울지 마세요."

유모가 말했다.

그리고는 죽은 아이 곁으로 다가와 납과 같은 코스차의 이마 위에 떨어져 있는 어머니의 눈물을 닦아주었다.

"어머니가 우신다면 죽은 아이가 괴로워할 거예요. 코스차는 이제야 참된 평안에 안기게 되었습니다. 죄를 모르는 천사가 되었습니다. 그러나 만일 살아 있다면 어떤 사람이 될지는 아무도 모릅니다."

"그렇지만 나는 슬퍼요, 슬퍼요."

그녀는 흐느끼는 것이었다.

–레프 톨스토이

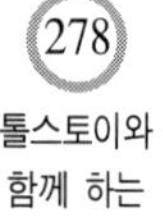

2월 26일 대화

긴 시간 누군가와 이야기하고 난 뒤에 무슨 이야기를 했던가를 다시 생각해 보라. 서로 주고받은 모든 이야기가 얼마나 보잘 것 없고, 무익한 것이며 게다가 정당하지 못하다는 사실을 깨닫고 무척 당황할 것이다.

1

어리석은 사람은 침묵을 지키는 것이 현명하다. 그러나 만일 이 뜻을 안다면 그는 이미 어리석은 자가 아니다.

–사디

2

좋은 말이란 조심성 있게 겸손히 하는 것이고 좋은 이야기란 조심성 있게 잘 생각한 후에 하는 것이다.

–아라비아 속담

3

한 마디 말도 못했던 것을 유감으로 생각한다면 잠자코 있지 않았음을 후회하게 될 것이다.

4

참된 말은 즐거움을 주지 못한다. 달콤한 말은 진실된 것이 아니다. 착한 인간은 논쟁을 즐기지 않는다. 논쟁을 즐기는 자는 착한 자가 아니다. 성인이란 학문이 있는 자를 말함이 아니다. 학문이 높은 자라고 성인은 아니다. 신에 대한 지혜는 자비롭다. 결코 악을 범하는 일이 없다. 성인의 지혜는 행하기를 강요하나 논쟁할 줄은 모른다.

-노자

5

주의 깊게 듣고 총명하게 묻고 조용히 대답하고 그리고 아무것도 말할 필요가 없을 때 입을 열지 않는 사람은 인생의 가장 필요한 의의를 간직할 수가 있다.

-라파예르

무엇이든지 말하기 전에 생각해 볼 겨를이 있거든
그대가 말하고자 하는 것이 말할 가치가 있는지 없는지,
말할 필요가 있는지 없는지,
누구를 해치는 일이 있는지 없는지 생각해 보라.

2월 27일 자비

자비는 오직 그것이 희생과 함께일 경우에만 자비이다.

1

금이나 은은 녹이 슨다. 그 녹은 그대를 배반하는 것들이며 불같은 위세로 그대의 육체를 좀먹어 가는 증거이다. 그리고 그대는 재물을 모으면서 최후의 날에 가까워지고 있는 것이다.

2

돈 속에, 돈 자체 속에, 그리고 돈을 소유한다는 것 속에 바로 부도덕한 그 무엇이 있다.

3

동정심이 많은 자는 부자가 될 수 없다. 좀 더 확실한 것은 부자는 동정심이 많지 않다는 것이다.

–몽고 속담

4

돈 많은 자선가들이 가난한 사람들에게 자선을 베풀고 있다고 생각하는 것은 가난한 자들의 손에서 그들이 더 많이 빼앗아 간다는 것을 깨닫지 못하는 것이다.

5

부자는 천국에 들어가기가 어려우니라. 낙타가 바늘 귀로 들어가는 것이 부자가 하나님의 나라에 들어가는 것보다 쉬우니라.

–성경

부유한 자는 선을 행할 수가 없다.
부자가 선행을 하려면 무엇보다 먼저 재물로부터 해방되어야 한다.

2월 28일 예술

예술은 사람들을 결합시키는 하나의 수단이다.

1

매우 세련된 예술이라도 도덕적인 이상과 결부되지 않고 오직 그 자체의 만족에만 치우친다면 방종과 쾌락의 도구가 될 뿐이다. 사람들이 방종과 쾌락에 빠지고 싶으면 싶을수록 더욱 이러한 예술을 목표로 한다. 그것은 자신의 내부의 불만을 억누르기 위함이다. 그러나 그렇게 함으로 더욱 스스로를 무익한 불만덩이로 만들어 갈 뿐이다.

–칸트

2

부유한 자의 노예가 되고 가난한 자를 조롱하는 그런 예술은 사멸하는 경우는 있어도 번영해 갈 수는 없을 것이다.

–모리스

3

마호멧교나 정교와 같이 낡은 종교는 예술의 나쁜 영향이 두려워 모든 예술을 배척했던 것이다. 아마 그네들이 옳았으리라. 그리하여 오늘날의 예술에 대하여는 더욱 옳았다고 말할 수 있을 것이다.

4

예술과 과학의 지혜는 모든 사람에게 공평히 봉사하는 데 있다.

–존 러스킨

5

예술은 대주교와도 같다. 동시에 약간의 차이는 있으나 교묘한 배우이기도 하다.

6

예술은 적당한 장소에 있을 때에만 이익을 가져온다. 예술의 문제는 가르치는 것이다. 사랑으로 가르치는 것이다. 예술이 단순히 사람을 즐겁게 하는 것으로 끝나고 진리를 보여주는 힘이 없다면 그것은 수치스러운 예술이고 숭고한 것이 못된다.

－존 러스킨

7

우리들의 예술, 즉 부귀한 계급을 위한 예술은 매춘부와 흡사하다.

예술에 관한 논쟁만큼 공허한 것도 없다.
예술에 관하여 지나치게 떠들어대는 자들은
예술을 이해 못하는 자들이며 예술을 느끼지 못하는 자들이다.

2월 29일 이상(理想)

이상은 삶의 안내자이다. 그것이 없으면 확실한 방향을 잡을 수 없다. 방향이 없으면 행동도 없고 생활도 없다.

1

진리란 반드시 구체성을 띨 필요는 없다. 진리가 우리들 속에 깃들고 정신에 공감을 일으키고 그리고 종소리처럼 힘차고 자비롭게 울리기만 하면 그것으로 충분하다. *－괴테*

2

완성은 하늘의 본성이다. 그리고 완전한 것을 바라는 것은 인간의 본성이다.

-괴테

3

이상은 그대 자신에게 있다. 그대의 환경은 이상을 실현해야 할 재료이다.

4

인생은 무위도식하는 것도 행복의 추구도 아니다. 인생은 투쟁이고 도전이다. 선과 악의 투쟁, 정의와 불의의 투쟁, 특권과의 투쟁, 자유와 폭력, 협동이나 단결과 개인주의와의 투쟁이다. 인생은 우리들의 자아를 이상의 실현으로 진행시키는 것이다.

-마치니

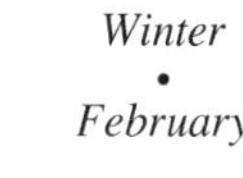

우리들이 알고 있는 선이 우리들 속에 그리고 이 세상에 존재하기를
바라고 믿는 것은 그것을 실현하기 위한 가장 중요한 조건이다.
그것을 믿지 않고 언제까지나 나쁜 인간이고 언제까지나
살아간다고 생각함은 선의 실현을 위해서는 가장 큰 방해물이 된다.

톨스토이 연보

1828년 8월 28일 모스크바 남쪽 200km지점 '야스나야 폴랴나'에서 니콜라이 일리치 톨스토이 백작과 마리아 니콜라 예비치나 사이에서 4남으로 출생.

1830년 어머니 마리아가 톨스토이의 누이동생을 낳던 중 사망.

1837년 모스크바로 이사. 아버지 니콜라이 뇌일혈로 사망.

1841년 세 형과 누이동생과 함께 카자니에 있는 고모집으로 이사.

1844년 카자니 대학 동양어학과에 입학하여 아랍어와 터키어 전공.

1845년 동양어학과에서 법학과로 옮김.

1847년 건강과 가정상의 이유로 대학을 중퇴하고, 고향에서 농사를 지음.

1848년 모스크바로 가서 방탕한 생활을 하게 됨.

1849년 다시 고향으로 돌아가 농사에 종사. 농민 자녀를 위한 학교를 세움.

1851년 4월, 카프카즈에 가서 「유년시대」 구상.

1852년 「유년시대」 완성. 군에 입대하여 카프카즈 원주민과의 전투에 참가. 단편 「습격」을 씀.

1853년 크림 전쟁 발발. 단편 「도박자의 수기」 씀.

1854년 「소년시대」 '세바스토폴리' 紙에 연재.

1855년 「1854년 12월의 세바스토폴리」, 「산림벌채」 씀.

1856년 11월에 제대. 「1855년 8월의 세바스토폴리」, 「눈보라」, 「지주의 아침」, 「두 경기병」을 씀.

1857년 1월 프랑스, 스위스, 독일 등 유럽여행을 떠남. 7월 귀국하여 농업에 종사. 「르뜨에르」, 「아르베리뜨」, 「청년시대」 발표.

1858년 피아니스트 에르모르체 주재의 음악회 설립에 열중.

1859년 「세 죽음」, 「결혼의 행복」 발표.

1860년 독일, 프랑스, 이태리, 영국, 벨기에 등지를 여행.

1861년 5월 귀국. 농노해방운동에 참여하여, 지주와 농민 사이의 분쟁을 해결하기 위해 노력. 야스나야 폴랴나 학교를 설립하고, 기관지

「야스나야 폴랴나」를 간행함.

1862년 9월, 모스크바 궁정의사 베루스의 딸 소피아 안드레예브나와 결혼. 「카자크 사람들」, 「꿈」, 「목가」, 「쿠리쿠시카」를 발표.

1863년 6월, 장남 세르게이 출생. 「진보와 교육의 정의」, 「코사크」 발표. 「전쟁과 평화」 착수.

1864년 10월, 장녀 다찌야나 출생.

1865년 「전쟁과 평화」 일부 발표.

1866년 5월, 차남 이리야 출생.

1869년 5월, 3남 레프 출생. 「전쟁과 평화」 완결.

1872년 「코카사스의 포로」, 「표트르 1세」 발표. 6월, 4남 뻬요르트 출생.

1873년 장편 「안나 카레리나」 집필 시작. 사마라 지방의 난민 구제사업에 헌신. 11월, 4남 뻬요르트 죽음.

1874년 4월, 5남 니콜라이 출생. 「국민 교육론」 발표.

1875년 2월, 5남 니콜라이 사망. 딸 우르울라 출생하자마자 사망. 「안나 카레리나」를 '러시아 통보' 紙에 연재. 「초등교과서」 1~4권 발행.

1877년 「안나 카레리나」 발행. 「참회록」 집필.

1878년 「안나 카레리나」 재판 발행. 「최초의 기억」 발행.

1879년 「참회록」 첫 부분을 발표. 러시아 내에서는 발행금지 처분을 받았으나 계속 집필. 평론집 「교회와 국가」 발표.

1880년 「독단적 신학비판」 발행.

1881년 도스토예프스키의 사망으로 충격을 받음. 「사람은 무엇으로 사는가」, 「요약 복음시」 발표.

1882년 「참회록」을 완성하여 '러시아 사상' 紙에 발표. 이로 인해 '러시아 사상' 은 판매 금지됨.

1884년 「나의 종교」를 발표했으나 발행 금지됨. 6월, 3녀 알렉산드라 출생.

1885년 모든 저작권을 아내에게 양도. 아내의 힘으로 저작집 12권 발행. 「사랑이 있는 곳에 신이 있다」 발표. 「이반 일리치의 죽음」 착수.

1886년 「이반 일리치의 죽음」, 「어둠의 힘」 발표. 「인생론」 착수.

1887년 「인생론」을 발간했으나 발행 금지. 「크로이젤 소나타」 착수.

1888년 초등학교 교사가 되기 위하여 원서를 냈으나, 당국으로부터 거절을 당함. 막내 아들 이반 출생.

1889년 「크로이젤 소나타」, 「악령」 발표. 「부활」 착수. 논문 「1월 12일의 기념제」 씀.

1891년 중앙 아시아와 동남 아시아의 빈민구제를 위해 활약. 9월, 1880년

이후의 저작권 포기.

1893년 「무위」를 '러시아 통보'에 발표. 「종교와 국가」, 「기독교와 애국심」 발표. 「노자」 번역에 몰두.

1894년 「주인과 하인」 착수. 「카르마」, 「신의 고찰」 발표.

1895년 「주인과 하인」 발표. 막내 아들 이반 사망.

1896년 「그리스도의 가르침」, 「복음서는 어떻게 읽는가」, 「현대의 사회조직에 대하여」, 「예술이란 무엇인가」 착수.

1897년 「헨리 조지의 사상」, 「국가와의 관계」 씀.

1898년 「예술이란 무엇인가」, 「신부 세르게이」 발표.

1899년 「부활」 발표

1900년 「산 송장」, 「죽이지 말라」 발표.

1901년 소설 「부활」로 인해 종교회의에 회부되어 러시아 정교회에서 파문당함.

1902년 「종교론」, 「지옥의 부흥」 발표.

1903년 「무도회의 밤」, 「세익스피어론」, 「세 개의 의문」 발표.

1904년 노 · 일전쟁이 시작됨. 전쟁 반대론 「반성하라」 발표. 「유년시대의 추억」, 「하지 무라드」 발표.

1905년 「불타」, 「세계의 종말」 발표.

1906년 「인생독본」, 「세익스피어론」을 '러시아의 말' 紙에 게재.

1907년 「진정한 자유를 인정하라」, 「우리들의 인생관」, 「서로 사랑하라」 발표.

1908년 톨스토이 탄생 80년을 기념하여 많은 톨스토이론이 발행됨.

1909년 1월, 유언장 작성. 「사형과 기독교」, 「아이들의 지혜」 발표.

1910년 7월 22일 유언장 작성. 이것이 합법적인 유언장이 됨. 10월 28일 새벽 자신의 신념과 실생활 사이의 모순을 해결하기 위하여 부인에게 이별의 편지를 써놓고, 3녀 알렉산드라와 의사 마고비츠키와 함께 야스나야 폴랴나를 떠나 방랑의 여행길에 오름. 10월 31일 여행 중 폐렴이 발병. 리야잔 우랄 철도의 작은 역 아스타포보에서 내림. 11월 3일 최후의 감상일기를 씀. 11월 7일 오전 6시 5분 야스타포보 역장 관사에서 죽음. "진리를…… 나는…… 사랑한다…… 왜 저 사람들……." 이 그의 최후의 말이다. 11월 9일 야스나야 폴랴나에 묻힘. 유고로 「인생독본」 – 톨스토이 사상의 종합적인 도달점을 나타내는 주목할 만한 노작의 하나로 동서고금 성현들의 말과 톨스토이의 사상을 엮은 책 – 이 있다.